Karl Sirker

Taciteische formenlehre

Antigonos

Karl Sirker

Taciteische formenlehre

Unveränderter Nachdruck der Originalausgabe von 1871.

1. Auflage 2024 | ISBN: 978-3-38634-573-6

Antigonos Verlag ist ein Imprint der Outlook Verlagsgesellschaft mbH.

Verlag: Outlook Verlag GmbH, Zeilweg 44, 60439 Frankfurt, Deutschland, info@outlook-verlag.de
Vertretungsberechtigt: E. Roepke, Zeilweg 44, 60439 Frankfurt, Deutschland
Druck: Libri Plureos GmbH, Friedensallee 273, 22763 Hamburg, Deutschland

ABHANDLUNGEN

ZUR

GRAMMATIK, LEXIKOGRAPHIE

UND LITERATUR

DER ALTEN SPRACHEN.

ERSTES HEFT.
TACITEISCHE FORMENLEHRE

VON

Dr. C. SIRKER.

BERLIN.
H. EBELING & C. PLAHN.
1871.

TACITEISCHE FORMENLEHRE

VON

Dr. C. SIRKER.

BERLIN.

H. EBELING & C. PLAHN.

1871.

Substantiva.

Erste Deklination.

§ 1. In den lat. Formen der 1. Dekl. findet sich keine besondere Abweichung. Im Einzelnen[1]) ist zu bemerken, dass Tac. nur pater familiae sagt, G. 10 und D. 22, im Plur. filii familiarum, An. I, 26; III, 8; XI, 13; cf. Varro L. L. VIII, 38, 73; Prisc. VI, 1, 6 Keil, (p. 679 P., 222 Kr.); Char. I, p. 107 K (83 P, 60 L); Schneider Formenlehre, II, p. 21; Reis. Vorles. § 50 und 88, Anmerk. 141; Neue Formenlehre I, p. 63.

§ 2. Der namentlich bei Patronymicis so häufige verkürzte Gen. plur. auf um (cf. Prisc. VII, 3, 9 K.) (32 P, 236 Kr); Schneider p. 23; Reis. § 74; Neue I, p. 17) findet sich nie bei Tac., sondern nur die volle Form auf arum; cf. Dandaridarum An. XII, 15; Arsacidarum An. II, 2; VI, 37 (31), 40 (34); XI, 10; XII, 10; XIV, 26; XV, 1; H. I, 40; Eumolpidarum H. IV, 83. Eben so wenig findet sich der Dat. oder Abl. auf abus, sondern nur auf is, z. B. An. XII, 53 libertis von liberta; cf. Schneider p. 27; Neue I, p. 29.

§ 3. Der contrahirte Abl. plur. auf is statt iis findet sich zwar nicht nur An. IV, 5 colonis, wie Otto zu dieser Stelle angiebt, sondern auch noch An. XV, 46 Formis, H. III, 46 copis; H. III, 70 und IV, 3 Germanis (letzteres nicht Abl. von Germani), H. IV, 56 reliquis und wird auch von Nipperd. aufgenommen und von Weissenb. Jahn Jahrb. v. 52, p. 47 empfohlen, ist aber bei dem sehr seltenen sonstigen Vorkommen dieser Contraktion (cf. Neue I, p. 32) sehr bedenklich; cf. § 10.

---

[1]) Aufgenommen habe ich alles dasjenige, was theils Tac. allein eigen ist, theils nach dem Vorgange anderer Schriftsteller von ihm angewandt worden ist, aber gegenüber dem bekannten Sprachgebrauche einer Erwähnung bedarf.

6

§ 4. Die griech. und barbar. Namen auf as haben im Acc. sing.
theils an, theils am, letzteres häufiger; so hat Artaxias (An. II, 3)
An. II, 56 Artaxiam, II, 64 Artaxian. Für den Acc. von Aerias
(An. III, 62) steht H. II, 3 verian, woraus Ritt. mit Recht Aeriam
machte, während die andern Edit. Aerian haben. Sonst kommt
noch vor Aeneam. An. XII, 58, Arsaniam An. XV, 15, Tamiram
H. II, 3, Bargioram H. V, 12 (von den 3 letzten Wörtern kann
der Nom. auch auf a gelautet haben). cf. Schneider p. 32; Neue I,
p. 56.

§ 5. Von den griech. Wörtern auf e haben die Nom. appell.
bei Tac. a, cf. D. 5 poetica, 30 geometriae, musicae, grammaticae,
dialecticae, 31 dialecticae; nur D. 31 steht als Abl. grammatice,
musice, geometrie in B und C cum ras. in fine A[1]), was Orelli bei-
behält, während Ritt. überall die Form auf a schreibt; das Richtige
scheint Halm getroffen zu haben, der diese Formen auf e, die im
Cod. A auch erst aus ae entstanden sind, für den bekannten Schreibfehler statt ę=ae hält und aus den unmittelbar vorhergehenden
Worten den Abl. scientia ergänzt. Von Nom. propr. haben einige,
wie auch bei den meisten andern Schriftstellern, nur den Nom. auf
a und werden auch demgemäss deklinirt, z. B. Creta, Libya, Leuco-
phryna, andere haben nur die Form auf e, die auch sonst allein
gebräuchlich ist, z. B. Syene, Elephantine An. II, 61, Thyle Agr. 10,
und werden gleichfalls dem entsprechend deklinirt, ausser den Orts-
bestimmungen auf die Frage wo?; diese lauten immer auf ae, z. B.
An. II, 83 Epidaphnae (der Med. Epidaphene); cf. Madv. Lat. Sprachl.
§ 35 A. 1, während ein Nom. Daphna nicht existirt und der Gen.
Daphnes lautet Ov. Met. I, 490. cf. Neue I, p. 51. Die Personennamen auf e haben im Gen. es, so Berenice (H. II, 81) Berenices
H. II, 2, (ebenda der Abl. Berenice); Acte (An. XIII, 12) Actes
An. XIII, 46.

§ 6. Von Nom. appell. auf es kommen vor cometes An. XIV,
22, XV, 47 und acinaces XII, 51, das l. c. im Acc. acinacen hat,
während es sonst stets nach der 3. Dekl. geht und daher im Acc.
em hat; cf. Curt. VII, 16, 19; VIII, 11, 4. Madv. § 35 A. 4.
Schneider p. 38. Die Nom. propr. auf es cf. 21.

---

[1]) Ich citire nach der Ritt. Ausgabe von 1864 Leipzig, welche Ausgabe
auch stets bei „Ritter" zu verstehen ist, wenn nicht eine andere ausdrücklich
angegeben ist.

Zweite Deklination.

§ 7. Die ursprüngliche Nominativendung auf os und om, die sich nach qu, u und v sicher bis über die Zeit des Augustus erhalten hatte (cf. Heyne-Wagner zu Virg. I, p. LIX, Schneider p. 58, Reis. A. 49, Neue I, p. 66), findet sich auch noch öfter im Med. II in der Form auf om, nämlich aevom H. I, 2 (cf. Bach); donativom H. II, 82, 94; captivom H. III, 34; IV, 80; alvom H. III, 47; pravom H. IV, 78; ja auch einmal quom Agr. 33 cod. Γ. H. I, 30 steht donativo, woraus Halm und Heräus mit Recht donativom machen; um so auffallender ist es, dass sie an sämmtlichen andern erwähnten Stellen die überlieferte Lesart verlassen und die Form auf um gebrauchen, die freilich die häufigere ist, z. B. donativum H. I, 5; IV, 19, 36[1]). os für us findet sich An. II, 46 filios; II, 56 Germanicos; II, 83 clypeos; VI, 14 (8) und 46 (40) Romanos; III, 16 amicos; IV, 74 internos; II, 71 propinquos. An sämmtlichen Stellen ausser der letzten darf os wegen des vorhergehenden Buchstabens nicht stehen; an der letzten scheint es bei dem unmittelbar vorgehenden quos durch Assimilation entstanden zu sein, und es ist also auch hier propinquus zu schreiben.

§ 8. Der Gen. sing. vom Nom. auf jus lautet immer i ausser an folgenden Stellen: VI, 21 (15) plebeii generis, wo ich mit Halm ed. I und Otto plebei schreibe; denn dass die Adjekt. auf ius im Gen. nie i haben, (cf. Schneider p. 60; Reis. § 57; Madv. § 37 A. 1; Neue II, p. 14) kann doch wohl auf plebeius, das die Endung jus hat, keinen Einfluss haben; ferner XVI, 14 neben Antei einmal Antegi pr. m, d. i. Anteii, wie auch der Med. corrigirt hat; dass bei dem constanten Gebrauche des Tac. Antei zu schreiben, ist klar; endlich steht An. XI, 6 Gali, was einerseits nicht für Gai genommen werden kann, wie Baiter es thut, cf. Ritt l. c. (edit. Cant.), andererseits aber auch aus andern Gründen bedenklich ist und mit Recht von den meisten neuern Edit. gestrichen wird. Vom Nom. auf ius und ium findet sich der Gen. auf i an folgenden Stellen: An. I, 55 Armeni; I, 59; IV, 32; H. IV, 52 imperi; An. III, 23; XVI, 30 Rubelli; III, 23, 48 Quirini (cf. Nipp. zu An. II, 30); III, 31, 64 Tiberi; IV, 16 Servi; IV, 61 ingeni; IV, 73 stipendiari; XIII, 45 Rufri (cf. Ritt. zu An. XII, 42); XIII, 19 Sili; XVI, 1 Caeselli;

---

[1]) An. II, 47 enisa in arduom (Hipp.) oder nisa in arduom (Otto) ist eine unnöthige Coni. für das durchaus richtige visa in arduo.

XVI, 7 Cassi; XVI, 10 Suci; XVI, 21 Patavi; H. II, 100 Patui i. e.
Patavi; XVI, 22 Juli u. H. II, 81; III, 43 Julj; H. II, 55 Curti;
H. I, 6, 25, 37 Nymphidi; H. I, 12, 13, 48 Vini; H. I, 66 Fabi;
H. I, 82 Palati; H. I, 90 Galeri; H. II, 71 Marci; H. III, 6 Opitergi;
H. III, 58 offici; H. III, 66; IV, 54 Vitelli; H. III, 69 Fundani;
Agr. 40 cod. γ. Atili; D. 5 cod. B Helvidi; D. 23 A u. B. tui fidi
für Aufidi, öfter in der subscriptio Corneli, z. B. An. I, 81; III, 76;
H. II, 101 u. s. Bei der grossen Zahl dieser Beispiele haben mit
Recht die meisten neuern Edit. die Lesart der Cod. aufgenommen,
und es herrscht nicht, wie Haase zu Reis. A. 54 angiebt, die Form
auf ii vor. Ich schreibe daher auch, wie Halm bereits gethan hat,
H. III, 67 für das überlieferte filia adsecuta, wo der Gen. stehen
muss, fili adsecuta, nicht filii; ebenso kann Agr. 8 peritus obsequi,
wenn der Inf. Anstoss erregt, diese Form doch als Gen. beibehalten
werden. Die reichhaltige Litt. über diesen Gen. auf i nebst den betreffenden Stellen der alten Gram. cf. Reis. A. 54 u. Neue I, 83 u. 94.

§ 9. Von dem überhaupt seltnen contrah. Nom. plur. auf i
(cf. Neue I, p. 97) finden sich mit Ausnahmen von di nur folg.
Stellen, wo mir mit Recht von den meisten Edit. ii geschrieben zu
sein scheint: Cypri An. III, 62; Messeni IV, 43; Syci XIII, 33;
Vatini H. I, 37; Helveti H. I, 67. Pompei An. XV, 22 ist natürlich richtig. Plebei An. XI, 24 und XIII, 28 ist Gen. von plebes.

§ 10. Der ebenfalls sehr seltene contr. Abl. auf is statt iis
(cf. Neue I, p. 120) findet sich nur An. I, 5 conscis; VI, 14 (8)
officis; H. III, 7 municipis, und es wird daher mit Recht von den
meisten Edit. die Form auf iis geschrieben; cf. § 3. (Grais H. II,
66 ist selbstverständlich; cf. Prob. Inst. art. p. 104 K. Neue I,
p. 98.)

§ 11. Der Gen. plur. auf um statt orum (cf. Cic. Or. 46, 155;
Quint. I, 6, 18; Varro L. L. VIII, 38, 71; Prisc. VII, 24 ss; (742 P.
807 Kr.), Schneider p. 69, Reis. A. 98; Neue I, p. 102 und II,
p. 17) findet sich unzweifelhaft bei folg. Wörtern: nummum An. I,
8; XV, 72; H. I, 82; (nummorum An. XV, 5); liberum An. II, 38;
III, 25, 35; XII, 44; (liberorum An. II, 43, 51; III, 19, 34; IV,
39, 59, 71, 72; VI, 37 (31); XI, 27, 34; XII, 34; XIV, 13, 17;
XVI, 6, 13; H. IV, 52); deum gewöhnlich neben dem seltnern deorum; cf. § 12; quindecimvirum An. VI, 18 (12) zweimal; cf. Otto
l. c. und Bücheler Rh. Mus. XI, p. 527; posterum An. III, 72;
(posterorum An. IV, 38); duum H. IV, 57. An. XIV, 39 und XV,
25 steht barbarum für barbarorum; das zweimalige Vorkommen der

verkürzten Form bei demselben Worte scheint mir nicht auf einem Schreibfehler zu beruhen, und Dräger hat Barbarum daher mit Recht aufgenommen. Dagegen sind nicht zu dulden bellum H. II, 86, verbessert von Döderlein in bellorum, und proelium Agr. 27, von Rhen. emendirt. Der bei Dichtern häufige, aber auch bei Prosaikern nicht ganz seltne Gen. auf um bei Völkernamen (cf. Schneider p. 70, Neue I, p. 114) lässt sich mit Gewissheit bei Tac. nicht nachweisen, während an fast unzähligen Stellen die Völkernamen orum, haben. Nur zwei Stellen können den verkürzten Gen. zu beweisen scheinen; doch glaube ich, dass wenigstens an der letztern derselben mit Ritt. orum zu emendiren ist; An. XV, 1 steht nämlich Adiabenum regimen, wo man Adiabenum als Adj. nehmen kann, sonst muss man sowohl dem constanten Tacit. Gebrauch gemäss als mit Rücksicht auf das im folgenden Cap. stehende Adiabenorum letzteres auch hier setzen; um so weniger ist die von Haase versuchte und von Halm und Dräg. aufgenommenr Conjekt. An. XII, 14 Adiabenum als Gen. plur. statt des überlieferten Adiabenus zu rechtfertigen; entweder muss man Adiabenus unverändert lassen oder mit Ritt. Adiabenus suo schreiben. Die zweite Stelle ist An. XIII, 56, wo für das überlieferte tenerum die Edit. ausser Ritt. Tencterum schreiben, während dieser mit Recht Tencterorum emendirt; auch hier wäre Tencterum als Acc. des Adj. möglich, besser scheint aber der Gen. plur. Da nun der Name der Tenkteren sowohl bei andern Schriftstellern als auch bei Tac. stets nach der 2. Dekl. behandelt wird (cf. An. XIII, 56; H. IV, 21, 64, 77; G. 32, 33, 38), so wird wohl auch hier, wo Tencterum erst durch Emendation hergestellt werden und so die sonst bei Völkernamen ungebräuchliche Verkürzung auf um für orum eintreten müsste, mit Vergleichung von G. 38 Tencterorum zu schreiben sein.

§ 12. Der Nom. plur. von deus lautet in Med. I stets di, der Dat. und Abl. plur. dis ausser III, 36, wo diis steht. Im Med. II steht öfters dii und diis; nach Prisc. VII, 4, 14 (736 P., 300 Kr.) dient die Verdoppelung des i zur Andeutung des langen Vocals, wie auch bei Dichtern oft dii und diis steht (cf. Billroth Lat. Schulgr. § 60, 3; Neue I, p. 100), wo das Versmass eine Silbe erfordert. Es scheinen mir daher die meisten Edit. mit Recht dem Med. I zu folgen und überall ein i zu setzen, ausser wo sich deis findet, was beizubehalten ist. Dei als Nom. plur. findet sich nicht und ist nur von Ritt. für dii gesetzt worden, während doch di viel·näher liegt und durch den Med. I gefordert wird. Der Gen. plur. lautet ge-

wöhnlich deum, deorum nur An. I, 73; III, 61; XIV, 14; H. I, 15;
G. 34 und 45, doch wird an letzter Stelle wohl equorum zu schreiben sein.

§ 13. Einige Völkernamen werden bei Tac. theils nach der
2. Dekl., theils nach der 3. abgewandelt. Das bei Cäsar und Florus
Usipetes genannte Volk heisst bei Tac. nur einmal so, An. I, 51,
sonst immer Usipi in den An., Hist. und der Germ.; cf. An. XIII,
55, 56 (Med. adus ipsos); H. IV, 37; G. 32. Im Agr. heist dieses
Volk c. 32 Usipi im cod. γ., im minder guten δ Usipii, im c. 28
haben beide cod. Usipiorum, aber, wie es scheint, sehr undeutlich,
da Ritt. ein Fragezeichen hinter Usipiorum macht. Danach scheint
er die Form Usipii zu verwerfen, wie auch Grimm thut, und Usipi
aufzunehmen. H. IV, 55 steht der Nom. Lingon; d. h. Lingonus;
dieselbe Form findet sich noch Mart. VIII, 75, 2 und in einer In-
schrift, abgedruckt in Jahns Jahrbüch. XI, p. 302; cf. Orell. H. l. c.;
sonst gebraucht Tac. stets die Form nach der 3. Dekl.; cf. Lingones
H. I, 53, 57; IV, 67, 70; Lingonas H. IV, 55, 73, 76; Lingonibus
H. I, 78; IV, 57, 69, 77; Lingonum H. I, 54, 59, 64; II, 27. (Bei
Tac., wie auch sonst meistens, Teutoni H. IV, 73; cf. Reis. A. 128;
ferner Turoni An. III, 41 und 46, wie Caes. B. G. VII, 4, 75; VIII,
46; Amm. XX, 11; Turones Caes. B. G. II, 35 u. s. w.)

§ 14. Griech. Wörter nach der 2. Dekl. Ueber Perseus cf.
§ 21. Den nach den alten Gram., cf. Prisc. V, 5, 16 (737 P., 301 Kr.);
Char. I, p. 41 K. (27 P., 21 L.), bei den Wörtern auf eus gebräuchlichen Acc. auf ea hat Tac. D. 12 Orphea, wie auch Virg. Ecl. III,
46; Prop. IV, 2, 1; Ov. Met. XI, 23, Pont. III, 3, 4 haben; cf.
Neue I, p. 316. Coeum (Med. cū) An. XII, 61 kommt nicht von
Coeus, sondern von Coeus Κοῖος. Vom griech. Πειραιεύς hat Tac.
den Acc. Piraeum An. VI, 5 (V, 10), eine Form, die sich so häufig
findet, cf. Liv. XLV, 27, 11; Gell. II, 21, 1; XV, 1, 6; Piraeus Cic.
de rep. III, 32, 44, Neue I, p. 338, dass gar kein Grund vorhanden
ist, die allerdings regelmässige Form Piraeeum (cf. Reis. § 78) mit
Ber. Walth., Döderl. Orelli und Ritt. (ed. Cant.) zu schreiben.

Von geograph. Benennungen findet sich nur zweimal der Nom.
auf os, nämlich Ninos (Stadt) und Sanbulos (Berg) An. XII, 13, nur
einmal der Acc. auf on, Scriphon (Insel) An. II, 85, sonst immer
die lat. Endung; cf. Neue I, p. 122. (Minus An. III, 26 ist wohl
nur ein Schreibfehler für das allein vorkommende Minos.) Manche
griech. Nomina der 3. Dekl. sind im Lat. in die 1. oder 2. Dekl.
übergegangen, cf. Neue I, p. 329, dahin gehört bei Tac. der Acc.

Erycum An. IV, 43 von Erycus statt Eryx; so auch Cic. Verr. II, 8, 22; 47, 115; Flor. II, 2, 12 u. s. cf. Otto An. l. c.

§ 15. In Betreff des Genus der 2. Dekl. bietet nur vulgus Bemerkenswerthes. Als Neutrum ist vulgus 38 mal unzweifelhaft von Tac. gebraucht, an 3 Stellen ist der Gebrauch zweifelhaft, worüber gleich unten; an 10 Stellen steht der Acc. vulgum. Von diesen 10 Stellen ist der Acc. 6 mal von Präpos. abhängig, nämlich apud vulgum An. III, 76; IV, 14; XV, 48; in vulgum VI, 51 (45); XII, 21; per vulgum XIV, 60; an den 4 übrigen Stellen, An. I, 47; VI, 50 (44); H. I, 78; III, 10 ist es auch dem oberflächlichen Leser sofort klar, dass der Acc. nothwendig ist. Da sich nun stets die mit vulgus verbundenen Adj. im Nom. und Acc. im Neutrum finden, so hat Ritter (Rhein. Mus. XVI, 464 ss), dem bis jetzt Heräus (H. I, 78) gefolgt ist, mit Recht den Acc. vulgum überall in vulgus verändert. Da nämlich den spätern Abschreibern. wie Ritt. und Her. richtig bemerken, der neutrale Gebrauch von vulgus abhanden gekommen war, so schrieben sie, wo ihnen nicht ein Adj. gen. neutr. einen absoluten Zwang auferlegte, gern den Acc. vulgum, wozu sie um so leichter kommen konnten, da, wie bemerkt, an 6 Stellen eine Präpos. vorhergeht und an den 4 übrigen Stellen die Nothwendigkeit des Acc. sich sofort ergiebt. Die 3 noch übrigen Stellen sind: An. XV, 64 vulgus-promptūs (Nom.), H. I, 80 vulgus-cupidūs (Nom.) und H. I, 36 vulgūs (Acc.); an den beiden ersten Stellen liess sich der Abschreiber offenbar durch das vorhergehende vulgus zu der Endung us verleiten, sei es, dass dies pr. m. geschah und nachher in das Richtige geändert wurde, sei es, dass das Richtige pr. m. geschrieben war und der Nom. vulgus die nachträgliche Aenderung in promptus und cupidus bewirkte, während er an der dritten Stelle entweder den ihm richtig scheinenden Acc. herstellen wollte und so verschlimmbesserte oder das falsche vulgū nachträglich in das richtige vulgus änderte, ohne den Querstrich zu entfernen.

Dritte Deklination.

§ 16. Beim Abl. sing. der Subst. dritter Dekl. sind folgende Fälle zu unterscheiden: 1) Die lat. Subst. auf is, die im Acc. nur im haben, haben auch im Abl. nur i, z. B. siti An. VI, 47 (41); Tiberi An. III, 9; H. II, 92 etc. 2) Von den Subst. auf is, die im Acc. im und em haben können, haben puppis An. II, 6 und securis An. IV, 24 die Form auf i; dagegen hat turris, welches H. II, 34;

12

III, 38; IV, 30 turrim hat, H. IV, 65 turre, welche Form sich auch bei Cic., Caes., Liv., Ov. und A. nebst turri findet; cf. Schneid. p. 231, Neue I, p. 219, und von Plin. bei Char. p. 122 K. (98 P., 70 L.) allein gebilligt wird, während Prisc. VII, 11, 58 (761 P., 331 Kr.) und Diom. p. 306 K. (283 P.) beide Formen billigen. 3) Von den Subst. auf is, die regelmässig im Acc. em und nur zuweilen im haben, hat navis (navim s. Neue I, p. 200) i und e, An. III, 1 navi, Agr. 24 nave; die von Wex zu Agr. prol. p. 86 aufgestellte Regel, wonach, wenn nur vom Fahrzeuge die Rede sei, nave, wenn von der Fahrt, navi zu setzen sei, wird wenigstens für Tac. grade durch die zwei angeführten Stellen widerlegt, da an erster Stelle nur vom Fahrzeuge, an zweiter von der Fahrt die Rede ist. Ebenso hat neptis, von dem der Acc. neptim Curt. VI, 2, 7 vorkommt, während Tac. neptem An. I, 33; II, 50; II, 71; IV, 71, 75 hat, nepti und nepte, jenes An. III, 24, dieses H. V, 9. 4) Von Subst. auf is, die im Acc. nur em haben, hat fustis bei Tac. nicht nur, wie bei andern Schriftstellern, fusti, wenn vom fustuarium der Soldaten die Rede ist, wie An. III, 21; XIV, 44, sondern auch An. XIV, 8; cf. Schneid. p. 229, Neue I, 223. I und e hat ignis und zwar igni stets in der Redensart aqua et igni An. III, 23, 38, 50, 68; IV, 21 etc.; sonst findet sich noch igni An. I, 70; II, 49; XII, 58; XIV, 30, 38; XV, 38; XVI, 6; H. V, 19; G. 45; dagegen igne An. II, 8; III, 72; VI, 51 (45); XII, 64; XIII, 57; XIV, 23; H. H, 3; IV, 29, 54, 79, 83; V, 7, 13. Agr. 2; cf. Otto zu An. I, 70; Rudd. p. 85; Schneid. p. 229; Reis. A. 80; Neue I, 223. 5) Von Adj. auf is, die zu Subst. geworden sind, haben die meisten i, namentlich immer die Monatsnamen; es finden sich ferner mit dem Abl. auf i: curulis An. I, 75; agrestis An. IV, 45; triremis An. XIV, 4; primipilaris H. IV, 15; consularis H. I, 6 und o. (cf. Neue I, 228); auch das von Char. p. 120 K. (96 P., 69 L.) verworfene aedili steht An. XII, 64 und kommt auch sonst vor; cf. Schneid. 221; Neue I, 227; Klotz Hdw. d. L. Spr. s. v. Das ganz zum Subst. gewordene iuvenis hat, wie auch bei allen andern Schriftstellern, iuvene Agr. 7; natürlich kann auch das Nom. propr. Civilis nur Civile haben H. IV, 35; cf. Neue II, 20. 6) Die zu Subst. gewordenen Part. haben theils i, wie prominenti An. I, 53, continenti An. IV, 67; VI, 5 (V, 10), auch bei andern Schriftstellern, namentlich Caes. häufig; cf. Neue II, 38), ja sogar parenti pr. m. An. IV, 8, wofür aber wohl als beispiellos die Lesart sec. m. parente aufzunehmen ist, theils haben sie e, wie Oriente H. I, 2; occidente H. 1, 2; infante

An. XV, 23; dominante An. XIV, 56. 7) Die Neutra auf e, al und ar haben i; natürlich hat der maskul. Flussname Nar Nare An. III, 9. 8) Das D. 22 von cod. C überlieferte supellectili scheint unbedingt richtig, da es nicht nur von Char. p. 47 K. (339 P., 25 L.) verlangt wird, sondern sich auch vielfach in den Cod. findet; cf. Schneid. 234; Neue I, 244. Dagegen sind ohne anderweitige Gewähr und daher ganz zu verwerfen regi An. III, 63, vici An. VI, 27 (21), genti An. VI, 50 (44), claritudini An. IV, 13, magnitudini An. IV, 74 und religioni An. XII, 34; denn die für die 3 letzten Wörter von Nipperd. aufgestellte Regel, dass die Wörter auf o auch i im Abl. haben, müsste doch anders bewiesen werden, als durch den vereinzelten Acc. plur. dieser Wörter auf is, für welchen umgekehrt man sich wieder auf den dreimaligen Abl. auf i beruft; oder sollte der von Sanct. Min. 2, 7 einige Male aus den Pandekten angeführte Abl. auf i von Wörtern auf o (cf. Schneid. 235) etwa als Beweisquelle dienen?

§ 17. In der Bildung des Gen. plur., worin Tac. mit den von den Gram. aufgestellten Regeln durchgehends übereinstimmt, ist im Einzelnen Folgendes zu bemerken: Von den parisyllabis auf es und is hat volucris An. VI, 34 (28) und H. III, 56 volucrum, die einzige Form, die sich überhaupt bei unsern Schriftstellern findet, wiewohl Char. p. 146 K. (119 P., 84 L.) volucrium aus Cic. de fin. anführt; cf. Neue I, 266. Apis hat An. XII, 64 apium. Von den Wörtern auf er finden sich die Gen. imbrium An. VI, 43 (37) und G. 46, luntrium H. V, 23. Fraus hat An. VI, 27 (21) fraudum, Lar An. XII, 24 Lariam; cf. Schneid. 256, Reis. A. 85. Von den mehrsilbigen Wörtern auf ns und rs, die regelmässig ium haben, wie infantium G. 32, clientium An. XVI, 22, mortium H. III, 28, sortium G. 10, haben um 1) parens An. III, 28; IV, 8; XI, 13; XII, 47; XIV, 17: H. V, 8, 17; Agr. 45; G. 20; D. 28; parentium steht nur An. XIV, 4; cf. Rudd. p. 93, Schneid. 247, Neue I, 270, wo sich auch die Stellen der alten Gram. finden. 2) Die Gentilia auf ns und rs, wie Garamantum An. III, 74; IV, 23, 26; Tubantum An. XIII, 55; Brigantum H. III, 45 und Agr. 17 an erster Stelle γ und δ, an zweiter γ sec. m., Brigantium (Breg.) γ pr. m und δ; Tiburtum An. XIV, 22, dies vielleicht nach dem Vorgange Virg. Aen. XI, 757; cf. Schneid. 249. Die Gentilia auf as, atis und is, itis haben ium, wie: Samnitium An. XI, 24; Tauraunitium An. XIV, 24; Canninefatium H. IV, 19; Caeracatium H. IV, 70. Von Nom. appell. auf as findet sich ium in optimatium An. IV, 32, 33; penatium H.

14

II, 80; G. 15; civitatium An. III, 63; IV, 14; XVI, 30; H. I, 54,
78; IV, 75, dagegen civitatum An. III, 43; XV, 45; H. I, 66; II,
62; IV, 66; G. 8; D. 40. Im Agr. 27 und 29 hat der bessere cod.
γ civitatum, was demnach aufzunehmen ist; die übrigen Nom. appell.
auf as haben bei Tac. immer um, wie: voluptatum H. IV, 83; tem-
pestatum Agr. 25, cf. Schneid. 253. Von Festtagen im Neutr. plur.
auf ia, die im Gen. plur. nebst ium auch orum haben können (cf.
Schneid. p. 262 und 265; Neue I, 291), kommt bei Tac. nur der
Gen. Quinquatrium An. XIV, 4 vor, während An. XIV, 12 das Fest
Quinquatrus heisst; (denn die dort stehende Form Quinquatruus ist
Schreibfehler, nicht die auch sonst zuweilen vorkommende Plural-
form auf uus; cf. Neue I, 369). Auch ancile hat bei Tac. den regelmässigen Gen. ancilium H. I, 89; cf. Neue I, 294.

§ 18. Im Dat., resp. Abl. plur. hat Tac. nur die Form ibus,
auch da, wo is gestattet ist; daher H. II, 65 diplomatibus von di-
plomata H. II, 54. Bos hat bubus G. 40.

§ 19. Der Acc. plur. der Wörter, die im Gen. plur. ium haben,
lautet bald is, bald es, wie es auch nach den Regeln der alten Gram.
(cf. Varro L. L. VIII, 37, 66 und 38, 67; Prisc. VII, 17, 83 ss.
(774 P., 348 Kr.); Gell. 13, 20) gestattet ist; cf. Schneid. 269;
Neue I, 250; Otto An. I, 4. Demgemäss ist auch richtig cohortis
An. I, 49 und o., pontis An. IV, 51 und a. W. Ebenso kann An.
I, 69 mit Nipp. laudis beibehalten werden, da sich auch laudium
findet, cf. Sid. carm. 23, 31; Jul. Val. Itin. Alex. 53 (119); die von
Her. versuchte Conjekt. laudes et gratis für laudis et grates ist daher auch nicht nöthig, zumal grates auch sonst oft als Acc. steht,
z. B. An. II, 38; III, 18; doch ist nicht zu verkennen, dass laudis
auch bei dem unmittelbar vorgehenden pontis durch Assimil. entstanden sein kann; dasselbe gilt für virtutis An. I, 80, wo unmittelbar vorhergeht eminentis, wiewohl auch virtutium Appul. de mag.
73 u. s. steht, wie sich auch servitutium, paludium findet; cf. Reis.
p. 95; Neue I, 276. Dagegen sind unbedingt zu verwerfen Formen
wie: Scipionis An. II, 33, centurionis Agr. 15 und meditationis An.
V, 4, wie wir es auch mit dem Abl. auf i der Wörter auf o gethan haben, auf den Nipp. sich zur Begründung dieses Acc. auf is
stützt; ferner sind zu verwerfen memoris An. II, 14, locupletioris
An. IV, 43 und minoris An. XV, 16, da der Gen. plur. dieser
Wörter nur auf um und, was die beiden Compar. betrifft, der Abl.
sing. bei Tac. nur auf e lautet, worüber unten bei den Adj., (richtig ist das häufige pluris und compluris); endlich sind ohne Gewähr

und also zu emendiren legis An. I, 72, pontificis An. III, 58; IV, 17 [1]), vocis An. III, 15, conditoris G. 2 [2]).

§ 20. Der in den Hdschr. überhaupt seltene (cf. Neue I, 255 und II, 24), und unter den Gram. auch nur von Varro L. L. VIII, 37, 66 anerkannte Nom. plur. auf is ist, wenn er sich auch öfter bei Tac. findet, doch selten im Vergleiche zu dem unendlich häufigen es; dazu kommt, dass is sich öfter findet in Wörtern, in denen nicht einmal der Acc. is zulässt, um so weniger der Nom., z. B. nepotis An. IV, 3, legationis An. IV, 14; suspitionis An. IV, 69; legionis H. III, 2, 11; principis H. III, 5; virginis H. IV, 53; exercitationis D. 30 B.; ferner geht häufig unmittelbar vorher is, so dass das zweite is leicht durch Assimil. entstehen konnte, z. B. moris omnis An. I, 4, catervis levis An. I, 51, morientis contingentis An. II, 71, cladis agrestis XIII, 57. Rechnet man diese Beispiele ab, so bleiben nur noch wenige übrig, wie: brevis An. II, 6, gratis An. IV, 64; VI, 31 (25), civitatis An. III, 60 und einige andere, bei denen is, da es im Acc. zulässig ist, durch Irrthum leicht entstehen konnte, und deren Emendation in es mir um so unbedenklicher ist, als sich wohl eben so oft der umgekehrte Fehler, es für is, findet; cf. Otto zu An. I, 4; Schneider 238, Neue I, 255 und die l. c. 257 angeführte Litteratur.

§ 21. Die Nom. propr. auf es, zu denen es keine Nebenformen auf a (und us) giebt, haben im Gen. stets is, im Dat. stets i, im Abl. stets e, im Acc. meist en, einige em, einige en und em. Nur en haben ausser Arsacides, das als reines Patronym. nur nach der 1. Dekl. geht, cf. Neue I, 59 und 344, Artavasdes, Ariobarzanes, Rhamses, Rhoemetalces, Simonides, Meherdates, Gotarzes, Euphrates, Arsaces, Phraates, Sinnaces, Vasaces, Moyses, Jordanes, Theophanes, Moneses, Basilides, Abdageses, Vardanes, Erindes, Sindes; nur em haben: Palamedes, Carrenes, Thyestes, Hercules, Ulysses, Araxes, Segestes, Pammenes, Deutheliates; beide Formen haben: Vonones, Tigranes, Tiridates, Pharasmanes, Vologeses, Mithridates, Orodes. Eunones hat An. XII, 18 Eunonen, während XII, 15 Eunone als Acc. steht, woraus wohl auf Eunonem geschlossen werden darf. Zwei Wörter auf es haben im Gen. ae, Aeetes An. VI, 40 (34) und

---

[1]) Von den Wörtern auf ex findet sich nur ganz vereinzelt der Gen. auf ium, wie von pontifex, cf. Neue I, 282, wonach Nipp.'s Angabe zu An. III, 58 zu berichtigen ist. [2]) Die aufgestellten Regeln stimmen im Ganzen überein mit dem von O. Keller im Rhein. Mus. v. 21, p. 241 ss: „Der Acc. auf is der dritten Dekl. bei den august. Dichtern" Gesagten.

Laertes G. 3; es findet sich aber auch Aeeta Varro R. r. 2. 16.
Ovid. Her. 12, 29; Met. 7, 170 u. s. Laerta resp. Laertam und
Laerta als Abl. Ov. Her. 3, 29 u. s. cf. Neue I, 37. Endlich steht
An. II, 60 der Abl. Scytha, wovon sich ebenfalls der Nom. Scytha
findet Luc. 10, 454; Vop. Aur. 3, 5; cf. Neue I, 35. Hercules
geht ganz regelmässig, hat also im Gen. Herculis, An. III, 61; IV,
43; XII, 24; H. III, 42; G. 34; im Dat. Herculi An. II, 60; XV,
41; im Acc. Herculem An. IV, 38; G. 3, 9. Einige Schwierigkeit
macht An. XII, 13 Herculi als Dat., cf. Nipp. l. c., weshalb man
theils Herculis schreibt, theils Herculi für einen alten Gen. hält,
coll. Cic. Ac. II, 108; cf. Reis. § 78 u. A. 102; Neue I, 341; allein
abgesehen von dem von Nipp. dagegen geltend gemachten Bedenken
ist kein Grund an dem auch von Or. (ed. I) und Ritt. beibehaltenen
Dat. Herculi Anstoss zu nehmen, indem er von religione abhängt
= praecipua religione οὔσῃ Herculi; cf. H. IV, 40 diversa fama
Demetrio. Perseus resp. Perses, wie Cic. sagt, hat im Acc. Persen
An. XII, 38, 62; der Gen. lautet An. IV, 55 Persi, welches sowohl
die bekannte Genitivendung auf i vom Nom. auf es, als auch eine
Contraktion für Persei sein kann, was auf dasselbe hinauskommt;
cf. Struve p. 26; Reis. § 78; dieser Gen. Persi findet sich auch Sal.
Hist. fr. I, 7, p. 6 (I, 8, p. 248 ed. min.) Kr., und Hyg. f. 244 und
wird von dem alten Gram. anerkānnt; cf. Prisc. XVII, 21, 161
(1101 P., 85 Kr.), Char. I, p. 68 K. (52 P., 37 L.), Prob. Cath.
p. 24 K, (1168 P., 126 L.) und p. 28 K. (1472 P., 129 L.) u. s.
Drak. und Gron. zu Liv. 42, 25, Ritt. Tac. l. c. (ed. Cant.) und die
andern Edit. Schneid. 73 und 315. Neue I, 346.

Vologeses (An. XII, 44, 50; XIII, 9; XV, 6 und s.)[1] schwankt
in der manchfachsten Weise. Der Gen. heisst Vologesis An. XV,
7, 17, 24, 25, 27 und (Vologeses) XV, 15; Vologesi An. XIII, 37;
H. IV, 51; der Dat. Vologesi An. XV, 5, 14; Vologeso An. XIII,
7; H. IV, 51; der Acc. Vologesem An. XIII, 9; Vologese statt Vo-
logesē An. XII, 14; XIV, 25 und Vologesi für Vologeses An. XV,
13; Vologesen An. XII, 50; XV, 5, 10, 31; Vologesum H. I, 40;
der Abl. Vologese An. XV, 6 und (Vologeses pr. m.) XV, 3! Man
wird also am besten thun, wie auch Halm und Dräg. gethan haben,
den cod. zu folgen, nur mussten sie auch An. XIII, 7 Vologeso und
Halm H. I, 40 Vologesum aufnehmen. Die von Nipp. zu An. XII,

---

[1] Vologesus findet sich Plin. N. n. VI, 26, 30; Suet. Nero 57, Vesp. 6,
Dom. 2.

13 gemachte Bemerkung, dass der Gen. auf i zu des Tac. Zeiten nicht mehr gebräuchlich war, ist für Vologeses um so weniger zutreffend, als Tac. bei der Dekl. dieses Wortes auch den Nom. Vologesus offenbar nebst Vologeses zu Grunde legte.

§ 22. Die griech. und nach griech. Analogie gehenden Wörter auf is, is und ys, yis haben im Acc. meistens im und ym, selten in und yn. Im Einzelnen ist zu bemerken: 1) Die Städtenamen auf polis haben immer im, Pompeiopolim An. II, 58; Neapolim XIV, 10; XV, 33; XVI, 10; Antipolim H. II, 15. Philippopolim An. III, 38; Nicopolim An. VI, 5 (V, 10); Nicopolem An. II, 53 ist offenbar Schreibfehler; ebenso hat Memphis Memphim H. IV, 84; nur Nisibis hat Nisibin XV, 5. 2) Von Personennamen hat Osiris Osirin H. IV, 84, (Apis Apin H. V, 4), Cotys Cotyn An. II, 65, dagegen Cotym An. II, 66; An. XII, 15 steht Coty mit rec. m. überschriebenem n, so dass wohl Cotȳ = Cotym zu schreiben ist, wie auch Halm vermuthet.[1]) Sonst haben die Personennamen stets im, Rhescuporim An. II, 64, Turesim An. IV, 50, Bocchorim H. V, 3; demnach wird man auch, wie schon einige neuere Edit., Halm, Ritt., Dräg., gethan haben, An. XV, 57 für das corrupte apichari lesen müssen Epicharim. 3) Die Flussnamen auf is (nicht nur die Lat., Tiberim An. II, 41 u. s., Lirim XII, 56) haben im; so Albim An. I, 59; II, 14, 19, 22, 41; IV, 44; Visurgim An. II, 11, 12, 16, 17[2]). Demgemäss wird wohl auch An. XIII, 53 der ausgefallene Flussname Ararim (cf. Prisc. V, 3, 13 (645 P., 175 Kr.) und VII, 10, 50 (756 P., 324 Kr.) Neue I, 210) lauten, nicht Ararem, wie Ritt. schreibt mit Bezug auf das gleich folgende Arare, das sich auch noch H. II, 59 findet; dass aber dieser Abl. nicht zu dem Acc. auf em zwingt, zeigt An. VI, 43 (37) Tigre neben Tigri XII, 13, während der Acc. dieses Wortes nur Tigrim lautet; cf. Neue I, 211. (Narem An. I, 79 kann natürlich Nichts beweisen, da der Nom. sowohl bei Tac. An. I, 79 Nar lautet, als auch sonst immer; cf. Prisc. V, 3, 13 (645 P., 175 Kr.)) An. II, 6 steht Vahalæm, nicht, wie Schneid. p. 216 angiebt, Vahalam; auch hier möchte wohl, wozu auch Schneid. l. c. in der Anmerk. geneigt ist, Vahalim das richtige sein. 4) Von Paris bildet Tac. Paridem An. XIII, 19; cf. Schneid. 213, wie er auch An. VI, 34 (28) die Abl. Sesoside und Amaside hat.

---

[1]) Was Otto zu An. II, 66 sagt, ist durchaus falsch und voll Widerspruch. [2]) Visurgin An. I, 70 ist aus sachlichen Gründen ganz falsch.

18

§ 23. Der griech. Acc. sing. auf a findet sich ausser von
Orpheus (cf. § 14) noch An. II, 54 Colophona (auch Vell. I, 4, 3;
Flor. II, 40, 4) und An. VI, 47 (41) Anthemusiada, welche Stadt
bei Plin. H. n. 5 § 86 Anthemusia, 6 § 118 Anthemus heisst.
Dido hat im Acc. nach gr. Weise Dido An. XVI, 1 nicht Didonem,
wie Schneid. p. 146 u. 300 angiebt, und ist diese Form sowohl
bei Dichtern, als Pros. gebräuchlich; cf. Virg. Aen. IV, 383; Ov.
Her. 7, 7 u. 133; Vell. I, 6, 4. Plin. ap. Char. p. 127 K. (102 P.,
73 L.) u. Quint. I, 5, 63.

§ 24. Der Acc. plur. auf as steht nicht nur bei den gr. Nom.
appell. megistanas An. XV, 27 und rhetoras D. 30 (dagegen rhetores
D. 35), sondern auch namentlich bei griech. und nach griech. Ana-
logie gebildeten Nom. propr., wie: Aegeatas An. II, 47, Cycladas
An. II, 55; VI, 5 (V, 10), Cyclopas, Macedonas An. III, 61, Phoenicas
XI, 14. Garamantas H. IV, 50, Lingonas H. IV, 55, 73, 76, Vangionas,
Nemetas An. XII, 27, (Brigantês XII, 32), Siluras XII, 33, 38; XIV,
29, Ordovicas XII, 33, Suionas G. 45 B., Oxionas G. 46, Orcadas
Agr. 10.

§ 25. Cotys hat den regelmässigen Gen. Cotyis An. III, 38 u.
IV, 5, dagegen den contrahirten Cotys An. II, 67 zweimal, welche
Form von den Edit. nicht verworfen werden durfte; sie findet sich
noch Caes. B. c. III, 36, Val. Max. III, 7, Vell. II, 129; Prob.
Cath. I, 53, p. 30 K. (1475 P, 132 L.) sagt gradezu: hic Atys huius
Atys, hic Othrys huius Othrys; cf. Schneid. 180, Neue I, 308, Otto
An. II, 67. Der Dat. lautet nur Cotyi An. II, 64 dreimal, der Abl.
Cotye An. II, 65; III, 38, wie auch Atye An. IV, 55.

§ 26. Von den griech. und nach dem Griech. gebildeten Namen
auf ων, ωνος (ονος) steht im D. 9 Agamemnon und Iason, welche
Formen mit n auch sonst meistens gebräuchlich und demnach beizubehalten sind; cf. Neue I, 158, während nebst dem fast ausschliesslich ohne n vorkommenden Plato D. 31 Tac. mit einer einzigen Ausnahme in den sämmtlichen andern Schriften die Form
ohne n gebraucht; cf. Solo An. III, 26, Iaso An. VI, 40 (34), Hiero
An. VI, 49 (43), Laco H. I, 6, Sido H. III, 5, Simo H. V, 12 zweimal; nur H. V, 9 steht Simon, was nach Analogie der übrigen
Wörter in Simo zu ändern ist. Diejenigen Eigennamen dagegen,
die im Griech. ωντος haben, behalten ihr n, wie Ctesiphon An. VI,
48 (42), Xenophon D. 31.

§ 27. Die bei Tac. vorkommenden hebräischen Namen haben
alle latein. Endung und sind deklinabel, wie: Moyses, Johannes,

Eleazarus, Jordanes, Carmelus. Auffallend ist An. IV, 73 der Gen. Cruptoricis vòn Cruptorix, da der Name offenbar gallisch ist und die übrigen gall. Namen auf ix alle igis haben, wie Orgetorix, Vercingetorix, Dumnorix, Ambiorix, Malorix etc.

§ 28. Im Genus der Subst. 3. Dekl. findet keine besondere Abweichung vom gewöhnlichen Sprachgebrauche statt. Im Einzelnen ist Folgendes zu bemerken: G. 28 ist von der Agrippina als conditor die Rede, und G. 7 wird von Frauen gesagt: hi cuique sanctissimi testes, hi maximi laudatores. Kritz erklärt zu G. 28 beide Stellen richtig, indem er sagt, dass, wenn Subst. gen. masc., die meistens eine männliche Person bezeichnen, einmal von Frauen gebraucht werden, dieselben dann oft ohne Rücksicht auf das wirkliche Geschlecht wie Abstrakta behandelt werden. Sonst gebraucht Tac. von Subst. auf tor das Femin. auf trix, z. B. An. I, 4 regnatrix, An. III, 17 interfectrix, H. I, 51 instigatrix, H. II, 16 victrix. Die meistens als Mask. vorkommenden Wörter anguis (Neue I, 635), und scrobis (Neue I, 704) sind bei Tac. Femin., ersteres An. XI, 11, letzeres An. I, 61; XV, 67. Ales ist, wie auch sonst gewöhnlich, Fem. H. I, 62, linter ebenfalls Fem. H. V, 21, 23; obices, das meistens Fem. ist (Neue I, 691), ist Mask. An. XIII, 39 und H. III, 30.

Vierte Deklination.

§ 29. Der Dativ auf ui ist der bei Tac. gebräuchliche und findet sich an 120 Stellen; der Dat. auf u (cf. Gell. IV, 16; Prisc. VII, 18, 88 (778 P., 352 Kr.) Reis. An. 90, Neue I, 366, Walth. An. III, 30, Otto An. I, 10) steht: An. I, 10 senatu (27 mal senatui); An. III, 30, 34, XV, 48, H. II, 71 luxu (zweimal luxui); An. III, 33 decursu; An. VI, 29 (23) nuru (nurui zweimal); An. XII, 62 commeatu (commeatui einmal). Ist also auch der Dat. auf u verhältnissmässig selten gegenüber dem auf ui, so ist dies doch kein hinreichender Grund, ihn zu verwerfen, wie Ritt. gethan hat, vielmehr scheint er mir auch da, wo die Spuren der verdorbenen hdschr. Lesart darauf hindeuten, herzustellen zu sein, so namentlich An. IV, 69, wo ich metu is = iis schreibe (cf. meine „Krit. Bemerkungen zu den Annal. des Tac." Andernach 1867); ferner An. III, 47, wo senatus offenbar durch Dittographie entstand und senatu zu schreiben ist; endlich halte ich An. III, 3 visu für den Dat. und schreibe mit Haase praeferre für perferre.

§ 30. Der bei Dichtern zuweilen, dagegen in den Hdschr. der Prosaiker nur sehr vereinzelt vorkommende Gen. plur. auf um (cf. Schneider 344, Reis. § 74, Neue I, 370; Draken. Liv. 5, 26; Otto An. III, 62; Prisc. VII, 18, 90 (779 P., 353 Kr.)) findet sich zwar einige Male bei Tac., ist aber unbedingt als Schreibfehler für uum anzusehen, und diess muss demgemäss geschrieben werden; die Stellen sind: An. III, 62 passum; XII, 64 magistratum; XV, 41 und H. IV, 1 domum. Auf demselben Schreibfehler beruht An. XII. 46 castellum commeatum egenum, wo die Edit. theils commeatu, theils commeatus schreiben; das Richtige hat der cod. Farn. commeatuum, was auch der gewöhnlichen Construktion von egenus ganz entspricht.

§ 31. In der Bildung des Dat., resp. Abl. plur. hat Tac. nichts von den gewöhnlichen Regeln Abweichendes; daher ist auch An. VI, 33 (27) exercitubus mit Recht von den Edit. in exercitibus verwandelt worden, zumal exercitubus sich weder bei einem Gram. erwähnt findet, noch auch als Variante irgendwo vorkommt, sondern sich stets sowohl bei andern Schriftstellern als auch bei Tac. exercitibus findet; cf. An. I, 80; H. I, 77; III, 8, 78 u. s. Der Fehler konnte um so leichter entstehen, da pr. m. exercitus geschrieben war und erst sec., freilich vet. m., exercitubus daraus gemacht wurde; cf. Neue I, 378.

§ 32. Bei der Dekl. von domus gebraucht Tac. nie den Dat. domo und den Gen. domorum (und die Abl. domu und domis). Der Acc. plur. domus steht H. III, 41, während sich der Acc. domos wenigstens 27 mal findet; Ritt. zu Agr. 21 (ed. Cant.) glaubt, dass domus stehe, wo von den Familien die Rede sei; indessen kann doch auch An. II, 29 und III, 33 domos nur von den Familien genommen werden; es bleibt mir daher der Acc. domus bei den vielen Stellen für domos um so mehr bedenklich, als er auch sonst ziemlich selten ist; cf. Neue I, 541. Weniger bedenklich scheint mir das auch von Halm, Dräg. und Baiter aufgenommene domui An. XVI, 26 als Lokativ für domi, welche Form, nachdem man sie einmal zu beobachten angefangen hat, immer häufiger aus guten Hdschr. notirt wird; cf. Klotz Ztft. für Alterth. 1835, p. 739 und Cic. Tusc. I, § 51, ebenda Tischer; Otto An. I, 73; Neue I, 540.

§ 33. Das sehr häufig als Femin. gebrauchte specus (cf. Prisc. VI, 14, 75 (713 P., 269 Kr.), Neue I, 709) ist bei Tac. stets Maskul., cf. An. IV, 59; XII, 57; XVI, 1, 3. G. 16.

Fünfte Deklination.

§ 34. An. XVI, 26 erkenne ich in plebi tribunus den von alten Gram. angeführten und in unseren Hdschr. nicht seltenen gen. sing. für plebei; denn der Auffassung als Dat. widerspricht das so unendlich häufige tribunus plebis und plebei; cf. Gell. N. A. 9, 14, der aus Virg. (Aen. I, 636) noch dii von dies anführt, ferner fami, pernicii, progenii, luxurii, acii und diese Formen durch Stellen aus Cato, Lucilius, Sisenna, Cn. Matius, C. Gracchus und Cic. (pro Rosc. Am. 45, 131) belegt; ferner Char. I, p. 126 K. (101 P., 72 L.) Serv. Virg. Aen. I, 636; Drak. Liv. II, 42, 6; Schneider 357; Reis. § 73; Zumpt § 85, A. 3; Madv. § 48 A. 1; Neue I, 387 und 392, wo sich auch die weitern Belege für tribunus plebi finden. Andere, wie Struve, Lat. Dekl. und Conj. p. 28, Billroth § 69, 1 erkennen in plebi den auch von Schneid. p. 142 als existirend angenommenen Gen. 3. Dekl. der Vulgarsprache für is, eine Ansicht, die hinreichend widerlegt ist von Neue I, 191.

Den von Caes. geforderten (cf. Gell. 9, 14), von den Gram. anerkannten (cf. Gell. l. c., Char. I, 126 K. (101 P., 72 L.), Prisc. VII, 19, 93 (780 P., 354 Kr.), und in unsern Hdschr. häufigen (cf. Schneid. 356, Reis. § 73, Zumpt § 85, A. 3, Madv. § 48 A. 1, Neue I, 390, Fabri zu Liv. XXI, 47, 7) Gen. auf e finde ich in zwei Tac. Stellen, ohne dass irgend ein Herausgeber ihn aufgenommen hätte, nämlich H. I, 29 re p. u. D. 31 plus fidem meretur, wo m in fidem offenbar Dittographie ist; die nicht seltenen Stellen für rei als einsilbig, also re s. Neue I, 390; fide ist besonders häufig; cf. Hor. Carm. III, 7, 4; Ov. Met. III, 341 und VI, 506 u. s. Neue I, 391. Nicht hierher gehört, was Bött. Lex. Tac. s.v. Heteroclita von duritie An. III, 34 sagt, nämlich dass es obsoletus gen. sei, was auch Haase zu Reis. A. 93 vertheidigt; denn der Med. hat nicht duritie, sondern duritiae, was durchaus richtig ist und von Ritt. nicht in duritia e verändert werden durfte.

§ 35. Tac. gebraucht dies als Fem. in folgenden Vbdgn., denen ich stets die entsprechende maskul. folgen lasse: ad eam diem An. I, 15; IV, 6; XV, 32; XVI, 28, ad eum diem An. XV, 60, ad hunc diem H. IV, 64, certam ante diem An. II, 85, certum ad diem An. XV, 46. ea die An. XIV, 37, eo die An. XV, 69; H. III, 21; IV, 33, 42; V. 18. eadem die H. II, 45, eodem die An. VI, 31 (25), 45 (39); XI, 24; H. I, 32; II, 41; IV, 78. illa die H. I, 43, 44; IV, 46, illo die An. V, 4; XIV, 7; H. IV, 82. postera die An. III,

10; IV, 49; XI, 37; XIII, 44; H. I, 48, 49, 82; II, 45, 78, 90;
III, 22, 82; IV, 27; V, 19; G. 22, postero die An. II, 11; XV, 30;
H. II, 69; III, 15; IV, 72; D. 2, ohne die An. IV, 45; XV, 57.
una die An. XIII, 39; XV, 16, uno die An. XI, 33; H. III, 37;
V, 20 (ex coni c.). orta die An. I, 68, orto die An. I, 29; H. II,
22. die pacta An. XV, 28, die pacto An. XIII, 38. praedicta die
An. XI, 27, praefinita die H. IV, 62. An allen nicht erwähnten
Stellen ist dies Mask. Daraus ergibt sich, dass Tac. dies auch in
den von den Gram. für das Fem. in Anspruch genommenen Bedeu-
tungen ohne Unterschied bald als Mask., bald als Fem. gebraucht,
vorwiegend aber als Mask. Dass die ohne Analogon bei Tac. stehen-
den Ausdrücke praedicta und praefinita die nichts für einen festen
Gebrauch in Bezug auf das Genus von dies beweisen, zeigt ausser dem
neben pacta die vorkommenden pacto die (s. o.) noch delectum diem
An. VI, 49 (43). Stets ist dies Mask. im Plur., eben so stets in
Verbindung mit Zahlwörtern ausser dem oben angeführten zwei-
maligen una die. Die von Haase zu Reis. A. 168 b gemachte Bemerkung über einen Unterschied zwischen postero und postera die
bei Frontin ist jedenfalls für Tac. nicht richtig. Ueber das Schwanken des Genus von dies auch bei andern Schriftstellern cf. Schneid.
347, Neue I, 710, Otto An. I, 15 (dessen Citate zum Theil unrichtig sind).

Genus.

§ 36. In Bezug auf das Genus, soweit es nicht schon im
Obigen besprochen, ist noch Folgendes zu bemerken: Mit den
Wörtern, die gen. com. sind, wie: parens Mask. An. I, 9; II, 55;
XIV, 19 u. s., Fem. An. I, 14; XIII, 20 u. o., parentes die Eltern
D. 29, parentes die Mütter XIII, 13, 21, infans Mask. An. I, 41,
Fem. XV, 23, dux femina H. I, 62; Agr. 16, 31, femina Ligus H.
II, 13, alia exul XIV, 63[1]), sind zusammenzustellen die Verwandt-
schaftsbenennungen, die zwar für beide Geschlechter verschieden
lauten, bei denen aber der Plur. des Mask. für die Zusammenfassung
beider Geschlechter gebraucht wird. Dahin gehören filii An. XI,
38 von Sohn und Tochter, fratres XII, 4 von Bruder und Schwester,
privigni XII, 2 Stiefkinder beiderlei Geschlechts, pronepotes An. V, 1

---

[1]) Auffallender Weise sagt Billroth § 42 A., dass für exul die Beweisstellen
nicht zwingend sind, wogegen obige Stelle spricht.

Urenkel beiderlei Geschlechts; cf. Nipp. zu An. V, 1 und XI, 38, Rudd. II, p. 36 A. 78, Neue I, 619. Nicht aber gehört hierher soceri An. I, 55, das Ritt. (Rh. Mus. 16, p. 467) für Schwiegereltern nimmt und zwar des Arminius Mutter für die Schwiegermutter (der Thusnelda) und den Segestes für den Schwiegervater (des Arminius) erklärt. Dagegen spricht zunächst, dass die Erwähnung der beiderseitigen Schwiegereltern des Arminius und der Thusnelda als unter sich feindlich hier durchaus nicht an der Stelle ist; ferner wird kein röm. Leser bei soceri auf den Gedanken haben kommen können, dass es sich hier um des Arminius Mutter und der Thusnelda Vater handele; endlich müsste doch auch nachgewiesen werden, dass soceri in dem Sinne die Schwiegereltern bedeuten könne, dass der Vater von Seite des einen Gatten, die Mutter von Seiten des andern darunter verstanden werden müsse, eine Bedeutung, die sich doch sicher nicht aus soceri Virg. Aen. II, 457, Liv. XXVI, 50, 6, Val. Fl. I, 403 folgern lässt, wo soceri die Schwiegereltern des einen Gatten bedeutet, eben so wenig wie aus Sen. Med. 106, wo soceri die beiderseitigen Väter des Ehepaares bezeichnet, also gleich consoceri ist; es müsste sich doch wenigstens, wenn auch nicht von soceri, von einem andern Worte nachweissen lassen, dass eine ähnliche umfassende Bedeutung darin liegen könne, so dass z. B. etwa avi den Grossvater von der einen Seite und die Grossmutter von der andern Seite umfasste. In der Cambr. Ausgabe versteht Ritt. unter soceri den Segestes und dessen Gattin, bemerkt aber richtig im Rh. Mus. l. c., dass des Segestes Gattin dem Inhalte von An. I, 57—58 gemäss wohl nicht mehr am Leben war. Dass übrigens soceri nicht die beiderseitigen Schwiegerväter bezeichnen kann, wie Or. will, geht sowohl daraus hervor, dass des Arminius Vater nirgends von Tac. erwähnt wird, als auch dass der Gedanke sehr matt und nicht an der Stelle wäre; cf. Nipp. l. c., Weissenb. Jahn. Jahrb. V, 52, p. 52. Was nun endlich die anderweitigen Versuche zur Emend. wie Erklärung betrifft, so stimme ich mit Ritt. (Rh. Mus. l. c.) in der Verwerfung derselben überein[1]) und erkläre selbst, ohne eine Aenderung vorzunehmen, die Worte „gener invisus inimici soceri" „der verhasste Schwiegersohn eines gehassten Schwiegervaters." Zwar sind mir keine Beispiele des pass. Sinnes von inimicus zur Hand, doch glaube ich,

---

[1]) Auch Drägers Erklärung ist die von Bezzenb., Halm und Weissenb. gegebene.

dass für Tac. die Möglichkeit der pass. Bedeutung nicht ohne Weiteres geleugnet werden darf, wenn man bedenkt, dass von ihm eine ganze Anzahl von Adj. pass. gebraucht wird, ohne dass sich für den betreffenden Gebrauch ein Analogon bei andern Schriftstellern oder Tac. selbst fände; cf. Bött. Lex. Tac. s. v. credulus, Otto An. I, 5. Neuerdings hat auch Pfitzner: „Die Annalen des Tac. kritisch beleuchtet" p. 155 dieselbe Erklärung aufgestellt und übersetzt: „ein verhasster Schwiegersohn eines angefeindeten Schwiegervaters."

Unregelmässigkeiten in der Deklination.

§ 37. **Singularia tantum und ihr plural. Gebrauch.** Wenn zwei ein gleiches Praenomen führende Personen verbunden genannt werden, so setzt Tac. zu jeder das Praenomen, nicht aber dasselbe nur einmal im Plur., cf. An. I, 7 Sex. Pompeius et Sex. Appuleius, III, 62 L. Scipio et L. Sulla, IV, 1 C. Asinius C. Antistius; daher durfte auch J. Fr. Gronov nicht XIV, 1 Gaiis (Gais) Vipstano Fonteio schreiben, sondern es muss mit Ritt. (l. c. ed. Cant.), dem auch alle neuern Edit. gefolgt sind, Gaio Vipstano C. Fonteio (der Med. Gaio Vispano Fonteio) heissen. Sonst ist der Plur. von Eigennamen in der auch sonst bekannten Weise nicht selten, sowohl von mehrern, z. B. An. I, 10 Brutorum exitus, I, 53 Gaio et Lucio Caesaribus, VI, 57 (51) Gaius Luciusque Caesares u. s., als auch von einzelnen, z. B. An. I, 10 Varrones, Egnatios, Julos; XII, 60 Matios, Vedios; XVI, 22 Tuberones, Fauonios u. o. cf. Billroth § 40 A. 1, Madv. § 51 A. 4, Neue I, 408. Von flüssigen Gegenständen, die nicht gezählt, sondern gemessen werden und die daher nach den Gram. (cf. Varro L. L. IX, 40, 66; Prisc. V, 10, 52 ss. (662 P., 200 Kr.) Char. I, p. 31 K. (19 P., 5 L.), Neue I, 395 ss.) eigentlich keinen Plur. bilden können, hat aqua einen Plur. nicht nur in der Bedeutung von Heilquelle, An. XII, 66; H. I, 67, 72, sondern auch im Sinne von Wassermasse, An. XII, 57 und o., ferner um das an verschiedenen Orten vorhandene Wasser zu bezeichnen, An. XV, 3; H. V, 3, ja sogar einfach für den Sing., An. XIII, 57 ex contrariis inter se elementis, igne atque aquis, concretum; häufig ist aber auch der Sing., An. XIV, 22; XV, 43, 44 u. o. Andere hierhin gehörende Wörter, wie niues der gefallene Schnee XII, 13 u. s., imbres u. a. bieten nichts Auffallendes. Von trockenen Gegenständen, die nicht gezählt werden, steht der auch sonst sehr häufige (cf. Neue I, 425), wenn auch von Caes. und Fronto bei Gell. XIX, 8, 8 und 12 verworfene Plur. arenae An. II, 61 im Sinne von Sandwüsten, H. V, 7 in dem von Sandkörnern. Cineres gebraucht Tac. immer von der Asche eines Gestorbenen, An. II, 75, 77; III, 2; XIV, 12, aber auch sonst, z. B. An. II, 69. Aera sind D. 11 Arbeiten in Erz, An. III, 63 und H. IV, 40 Erztafeln. Caespites sind An. I, 18 Rasenstücke, während im folgenden Cap. von derselben Sache das häufigere caespes gebraucht wird. Bei keinem Schriftsteller ist der Gebrauch der Abstrakta im Plur. häufiger als bei Tac., bald mit einer Modification im Sinne, z. B. mortes Todesarten An. VI, 35 (29), H. III, 28; gloriae rühmliche Thaten An. III, 45; aestus heisse Tage, Klima H. II, 32, bald ohne eine solche, indem der Plur. sich blos auf das Vorkommen des Begriffes bei mehrern Individuen resp. auf das mehrmalige Eintreten des Begriffs bezieht, bald auch ohne jeglichen Unterschied; cf. Schneid. 375, Reis. 131 und A. 145—151 nebst der daselbst angeführten reichhaltigen Litt., Billroth § 82, Madv. § 51, Zumpt § 92, Roth zum Agr. IV, 109—117, Bött. Lex. Tac. p. 8 und 360, Neue I, 434 ss., Dräger: Syntax und Stil des Tac. § 2, der den Plur. der bei Tac. vorkommenden Abstr. eintheilt nach den Rubriken: Witterungserscheinungen, Affekte, geistige Eigenschaften und Zustände, Substant. der Bewegung, nicht zu classificirende. Zu den Abstrakten des Affekts sind hinzuzufügen invidiae nach meiner Conjektur XIV, 54, cf. meine Animadversiones in Taciti Annales l. c. Hierhin ist auch zu rechnen der Plur. von einigen zählbaren Gegenständen, um die einzelnen Theile eines Ganzen auszudrücken; dahin gehören: pontes An. II, 8, 11 zur Bezeichnung der Joche einer Brücke, wie auch Planc. bei Cic. ad fam. X, 18, 4 pontem, quem in Isara feceram schrieb und X, 23, 3 von derselben Brücke pontes, quos feceram; leges An. III, 33; XII, 60 von den mehrfachen Bestimmungen eines Gesetzes, cf. Nipp,, Bait., Dräg. zu An. III, 33. Hier mag auch Erwähnung verdienen der bei Tac. so häufige (cf. Nipp. An. I, 30) Gebrauch von epistulae von einem Briefe nach Analogie von litterae. Wenn endlich aedes Tempel als Sing. tant. bezeichnet wird, so ist dies nicht richtig, da es sowohl sonst häufig (cf. Neue I, 450), als auch bei Tac. im Plur. von mehrern Tempeln vorkommt, z. B, An. II, 49; XIII, 24.

§ 38. **Pluralia tantum und ihr singul. Gebrauch.** Von Collegien, die gewöhnlich im Plur. genannt werden, findet sich in Bezug auf ein einzelnes Mitglied An. VI, 18 (12) der part. Genetiv: Caninius Gallus quindecimvirum, wofür die meisten neuern Edit. quindecimvir schreiben; indessen ist dieser part. Genet., der sich durch H. I, 31 tribunorum Subrium-milites adorti unterstützen lässt, nicht so selten; cf. Cic. de rep. II, 36, 61 quod decemvirum sine provocatione esset; Gell. I, 12, 6 cuius pater flamen aut augur aut quindecimvirum sacris faciundis aut septemvirum epulonum aut Salius est; Gell. III, 9, 4 qui postea triumvirum reipublicae constituendae fuit. Varro bei Gell. XIII, 12, 6 ego triumvirum — non ivi; Otto An. l. c. und Neue I, 456. Daneben findet sich An. I, 2 der Gen. triumviri. Tac. gebraucht den Sing. cervix, der in der Prosa erst von Hortensius eingeführt wurde, (cf. Varro L. L. VIII, 5, 14; X, 4, 78; Quint. VIII, 3, 35; Serv. Virg. Aen. XI, 496; Isid. Orig. XI, 1, 6) An. I, 53 (cf. Otto), VI, 20 (14) u. o.; den Plur. hat er nur, wenn von mehrern Personen die Rede ist: H. I, 16; IV, 46; cf. Schneid. 407; Reis. A. 154, Neue I, 466. Von dem von den Gram. Char. I, p. 33 K. (20 P., 17 L.), Diom. p. 327 (315 P.) als plur. tant. angegebenen compedes findet sich sowohl bei andern Schriftstellern (cf. Schneid. 408, Neue I, 470) als bei Tac. An. XII, 47 der Abl. sing. compede (der Med. compedes). Der nicht seltene Sing. crate (cf. Schneid. 409, Neue I, 472) vom plur. tant. crates steht G. 12. Copia für copiae ist ziemlich häufig; cf. Otto und Bait. zu An. II, 52, Ritt. (ed. Cant.) zu An. IV, 4; Neue I, 471. An. XI, 35 hat ludi procurator ohne Grund zu vielfachem Zweifel Anlass gegeben; dass ludi procurator der Titel dessen sei, dem die cura ludorum, qui a Caesare parabantur An. XIII, 22 anvertraut war, wie Schneid. 419 A. angiebt, ist gar nicht erwiesen; es ist vielmehr der procurator ludi gladiatorii darunter zu verstehen, und dann hat der Ausdruck durchaus nichts Anstoss Erregendes; cf. Nipp. l. l. und Neue I, 476. Von dem plur. tant. ambages steht der nicht seltene Abl. sing. ambage An. VI, 52 (46) und XII, 63; cf. Otto An. VI, 46, Neue I, 478; sonst hat Tac. den Plur., z. B. An. II, 54; XI, 34; H. II, 4, 78; IV, 84 ausser H. V, 13, wo der Med. quae ambages praedixerat hat; zwar wird von den Gram. Prob. Cath. I, p. 10 K. (1449 P., 109 L.) Char. Inst. I, p. 40 K. (25 P., 21 L.), Serv. Virg. Aen. III, 293 ein Nom. ambages erwähnt, aber an einem Belege dafür fehlt es, und es kann unsere Stelle um so weniger dafür gelten, als grade von mehrfachen ambages die Rede und daher der Plur. erforderlich ist; es ist also mit den übrigen cod. praedixerant zu schreiben. Von angustiae, das sich An. I, 35, 75; III, 32 findet, steht An. IV, 72 angustia, was auch D. 8 nach der hdschr. Ueberlieferung wieder herzustellen ist statt des von Lips. eingeführten augustiae; cf. Schneid. 403, Neue I, 478.

Der Abl. sing. verbere steht An. VI, 4 (V, 9), u. 30 (24), G. 19; cf. Schneid. 429, Neue I, 494, Otto An. V, 9. Von dem seiner Natur nach und nach den Gram. (cf. die Stellen bei Neue I, 479) als plur. tant. gebrauchten bigae steht der Dat. sing. bigae H. I, 86. Von caeremoniae ist der Sing. sehr häufig, cf. An. III, 61; IV, 55, 64; XIV, 22; Neue I, 480. Der Sing. fortuna Vermögen steht An. II, 33; IV, 23; XIV, 54; G. 21; cf. Rudd. 156, 77; Schneid. 414; Neue I, 484.

Der singul. opis findet sich An. III, 54; XIII, 40; H. III, 48, ope An. XV, 44; H. IV, 78 in seiner gewöhnlichen Bedeutung „Hülfe." Der auch sonst häufige Abl. prece steht An. XII, 19.

Der von Neue I, 494 und Klotz Hdwt. d. L. Spr. s. v. aus H. I, 52 angeführte Acc. sordem ist nicht richtig, da sich sowohl an dieser Stelle, als H. I, 60 sorde im Med. findet, was sich ebenso leicht in den allein bei Tac. gebräuchlichen Plur. (cf. An. IV, 52; VI, 14 (8); XII, 59; H. I, 84; D. 12, 21) also sordes, als in sordem ändern lässt; cf. Ritt. (ed. Cant.) H. I, 52. Hier sind endlich auch zu erwähnen die Fälle, in denen Städtenamen, die im Plur. gebräuchlich sind, im Sing. gebraucht werden. Der Name der Stadt Artaxata, der im Plur. An. XII, 51; XIII, 39, 41; XIV, 23 (zweifelhaft ist der Numerus XII, 50) steht, wird An. II, 56 und VI, 39 (33) in Verbindung mit urbe im Sing. gebraucht. Derselbe Wechsel findet in Tigranocerta statt, dessen Num. XII, 50 ebenfalls zweifelhaft ist, dagegen als Plur. feststeht An. XIV, 23; XV, 6, 8; der Sing. Tigranocerta resp. Tigranocertam steht An. XIV, 24; XV, 4, 5 zweimal. Unklar bleibt mir, wesshalb Ritt. zu XV, 5 (ed. Cant.) bei diesem Worte überall den Plur. herstellt, während er Artaxata als Abl. sing. unverändert lässt; denn dass der Zusatz urbe bei Artaxata den Sing. veranlasst haben soll, ist doch nicht anzunehmen. Uebrigens steht der Sing. Tigranocerta auch Plin. H. n. VI, 9, 10, Frontin. Strat. II, 1, 14; II, 2, 4; 9, 5. Ein ähnliches Schwanken findet sich beim Namen der Stadt Fidenae, der II. III, 79 im Acc. Fidenas lautet, dagegen An. IV, 62 Fidenam; der Sing. findet sich Virg. Aen. VI, 773, Sil. XV, 91, Plin. H. n. XVI, 4, 11; cf. Serv. Virg. l. c.; Ritt. hat daher Unrecht, wenn er Fidenas schreibt, zumal da auch das unmittelbar darauf folgende amphitheatrum für amphitheatro darauf hindeutet, dass der Consonant m vorhanden war. (Ich trage auch kein Bedenken, An. XVI, 9 den Acc. Ostia beizubehalten, obwohl sonst das Wort bei Tac. sing. tant. ist; cf. An. II, 40; XI, 26, 29, 31; XV, 39, wie ja auch Liv. neben dem gewöhnlichen Sing. Ostia den plur. gebraucht, IX, 19; XXII, 37; XXVII, 23; ferner Juv. VIII, 171; XI, 49; Inschr. Or. 3217; Henz. 6315. 6520, 7194[1])). Uebrigens ist auch sonst bei einem und demselben Schriftsteller der Wechsel zwischen Sing. und Plur. von Städtenamen nicht selten; so steht bei Caes. B. c. II, 23, 2 und B. A. 3, 1 der Abl. Clupeis, dagegen B. c. II, 23, 3 und B. A. 2, 4 der Acc. Clupeam, so gebrauchte Fannius nach den Veron. Schol. zu Virg. Aen. III, 707 in den Annalen bald Drepanum, bald Drepana, wie auch Plin. bei demselben Worte schwankt. Was endlich Hierosolyma betrifft, so ist es bei Tac. immer im Plur.; cf. H, II, 4; V, 1, 9, 11; an den beiden Stellen, die für Hierosolyma als Sing. angeführt werden, H. V, 2 und 10, steht pr. m. ebenfalls Hierosolyma und erst sec. m. Hierosolymam. — Ueber epulae und balneae cf. § 39, über den Sing. zu singuli § 49.

§ 39. **Defectiva casibus.** Secus steht bei Tac. nur adverbiell im Acc. (wie id genus und a. W.) und von beiden Geschlechtern; cf. H. V, 13 und Walth., Nipp., Bait., Otto, Ritt. (ed. Cant.) zu An. IV, 62, wo es nicht mit Neue I, 505 und Or. l. c. als Nom. genommen werden darf; sonst sagt Tac. sexus An. I, 51, virilis sexus An. I, 58; II, 38, omnis sexus An. VI, 25 (19); daher ist auch ohne Zweifel An. II, 84 Livia nupta Druso duos virilis sexus simul enixa est, wie auch alle neuern Edit. geschrieben haben, richtig für das überlieferte virilès sexus, wofür mit J. Gronov Heräus Stud. crit. in Med. Tac. cod. p. 41 und Ritt. (ed. Cant.) virile sexus schreiben; sowohl der sonstige Gebrauch von Tac., als auch die grössere Einfachheit der Emend. verlangen virilis. Venum, welches bei andern Schriftstellern nur in der Verbindung mit ire, redire (Claud. in Eutr. I, 37), dare, tradere, asportare (Plaut. Merc. II, 3, 19) und distrahere (Gell. XX, 1, 19) vorkommt und auch bei Tac. häufig ist in den Ausdrücken venundare An. XI, 22; XIII, 39; XIV, 33; H. I, 68; Agr. 28 und venum dare XVI, 31, hat bei Tac. auch einen Dat. veno An. IV, 1 (dare), XIII, 51 (exercere), XIV, 15 (ponere); von andern Schriftstellern hat nur noch Appul. dreimal den Dat. venui; cf. Lex. s. v.

Der von Varro L. L. VIII, 2, 7; Prisc. VI, 12, 64 (707 P., 261 Kr.), VII, 8, 36 (749 P., 316 Kr.), VII, 9, 45 (754 P., 321 Kr.), Char. Inst. gr. p. 89 K. (69 P., 49 L.), Prob. Cath. I, 40 p. 19 K.

---

[1]) Ich halte auch H. II, 64 Interamnium für richtig, obwohl H. III, 61 Interamnam und 63 Interamnae steht.

(1461 P., 119 L.), I, 54 p. 31 K. (1476 P., 132 L.) anerkannte Gen. vis von vis findet sich ausser Paul. Sent. rec. V, 30 und einigen andern Juristen (cf. Schneid. 466, Voss. Arist. III, 48 p. 531 ed. Förtsch, Neue I, 516) nur mehr bei Tac. im D. 26 plus vis-quam sanguinis; dieser mit Recht von den neuern Edit. unbeanstandet gelassene Gen. lässt sich auch indirekt aus einer andern Stelle des Tac. darthun; der Med. hat nämlich XV, 13 ac vis ingrueret pro- visis exemplis caudi nenū antineq; eandem viˆs amnitibus; mit äusserst geringer Aenderung habe ich diese Stelle in meinen Animadv. in Tac. An. l. c. 48 wiederhergestellt: ac vis si ingrueret, provisis exemplis Caudinae Numantinaeque, neque eandem vim Samnitibus etc., wie auch Ritt. in seiner neuesten Ausgabe geschrieben hat; aus dem vorhergehenden Nom. vis ist der gleichlautende Gen. vis zu ergänzen, da durchaus nicht abzusehen ist, warum man vis un- möglich ergänzen könne, wie Dräger sagt.

Den sehr seltnen Gen. neminis (cf. Neue I, 517) ersetzt Tac. durch nullius H. II, 20, während er den kaum minder seltenen (cf. Neue l. c.) Abl. nemine An. XVI, 27 und H. II, 47 gebraucht. (Doch auch nullo als Subst. An. I, 48, III, 17 u. s., wie nullus überhaupt oft als Subst. gebraucht wird; cf. Nipp. zu An. II, 77 und III, 15.) Von dem meist nur im Abl. sing. gebräuchlichen astus hat Tac. auch An. II, 20 den Nom. sing. und XII, 45 den Nom. plur.; cf. Neue I, 513. Der Gen. indaginis von dem nicht vorkommenden indago findet sich nur bei Tac. im Agr. 37, der auch sonst vorkommende Abl. indagine An. XIII, 42.

Munia, über dessen Bedeutung cf. Nipp. und Ritt. (ed. Cant.) zu An. III, 2, kommt nur im Nom. und Acc. vor; cf. Bött. Lex. Tac. s. v. Defectiva; in den cas. obl. gebraucht Tac. die Formen von munus, z. B. An. I, 17 munerum, III, 17 munere u. o. Von dem sonst nur im Nom. und Acc. plur. gebräuchlichen grates hat Tac. auch noch XII, 37 den Abl. gratibus. Hierhin gehören ferner noch ausser den Wörtern, die zu keiner besonderen Bemerkung Anlass geben, wie: sponte, pessum, infitias, tabe, tabo, frugem, dicionem, pondo, satias, diu noctuque (An. XV, 12), noctu diuque (H. II, 5), noctu (H. III, 76) u. a., eine Anzahl oben schon bei den Plur. tant. genannter Wörter, nämlich: ambage, verbere, crate, compede, prece, ope und opis, die im Sing. theils nur, theils fast nur im Abl. vor- kommen. Endlich sind hier zu erwähnen die vielen nur im Abl. vorkommenden Subst. verb. auf u und die Dat. auf ui; dahin ge- hören: accitu, admonitu, concessu, disposĭtu, distinctu, ductu, impulsu, instinctu, interiectu, iussu, missu, natu, permissu, procinctu, promptu, provisu, subvectu, hortatu, daneben hortatus als Nom. plur. An. I, 70; relatu, daneben relatum XV, 22; despectui, indutui, ostentui, irrisui, daneben irrisu An. I, 20 und irrisum XIII, 15; obtentui, daneben obtentum XII, 7, u. a. cf. Schneid. 442; Bött. Lex. Tac. Prol. p. LVI u. s. v. Dat. p. 141; Neue I, 521 ss., Otto An. I, 27.

§ 40. **Abundantia.** Ich unterscheide folgende Fälle: 1) Der Nom. sing., sei es bei Tac., sei es bei andern Schriftst., schwankend zwischen der 1. und 5. Dekl., wobei Tac. im Allg. die F. nach der 1. Dekl. vorzieht. Der Nom. und Acc. schwankt nur bei materia resp. materies; materia steht: An. XVI, 2; H. I, 6, 66, 89; II, 1; G. 14, 16; D. 31; materies An. I, 32; V, 4; H. I, 51; materiam An. XI, 5; H. I, 1; IV, 4; Agr. 46; D. 3, 37 zweimal; materiem An. I, 76; II, 26; III, 31; IV, 59; VI, 34 (28); XII, 22; XIII, 49. In den andern Cas. finden sich nur Formen nach der 1. Dekl., z. B. Gen. sing. An. I, 35; Dat. sing. D. 35; Abl. sing. H. II, 30; G. 45; D. 36; Gen. plur. D. 35; Acc. plur. H, IV, 23; Dat. plur. H. V, 20; Abl. plur. H. V, 5. Wenn Madv. § 56, 3 sagt: „materies gern in der Bedeutung: Bauholz; materia: Stoff, Materie", so ist dies wenigstens für Tac. nicht richtig, da bei ihm an den Stellen, wo das Wort in der materiellen Bedeutung von Stoff vorkommt, G. 16, Agr. 46, An. I, 35 nur die Form auf a vorkommt, womit auch übereinstimmt Ulp. Dig. 32, 55: materia est quae ad aedificandum, fulciendum necessaria est. Haase zu Reis. A. 94 bemerkt richtig, dass Tac. in den 6 ersten Büchern stets materiem habe (es müsste heissen materies und materiem; falsch hat Bait. VI, 34 (28) materiam; Or. richtig materiem); dagegen ist unverständlich, was Haase l. c. weiter sagt: „Im Nom. nur materia H. I, 6, 66; II, 1; G. 14; D. 31"; soll es heissen, dass Tac. im Nom. nur materia habe, so zeigen die obigen Stellen und selbst die erste von Haase kurz vorher fälschlich bei materiem citirte Stelle An. I, 32 das Gegentheil; sollen aber die citirten Stellen die einzigen für materia sein, so ist dies, wie aus obigen Citaten hervorgeht, ebenso falsch. Wie schon oben bemerkt, zieht Tac. die Formen nach der 1. Dekl. vor; so hat duritia (H. I, 23) den Gen. duritiae An. III, 34, wo durchaus kein Grund zu einer Aenderung vorliegt, cf. Nipp. und Or. l. c., am wenigsten zu den von Mur. und Ernesti vorgeschlagenen Aenderungen a duritie und e duritie; Dat. duritiae An. VI, 40 (34), nicht der Gen., wie Or. zu An. III, 34 angiebt; Acc. duritiam An. I, 35 und ex coni. c. XIII, 35, wo der Med. duritia hat, wofür nicht mit cod. G. duritiem z schreiben ist. Ferner finden sich nur nach der 1. Dekl. segnitia, saevitia, von welchem Worte man früher An. XI, 10 fälschlich saevitiem schrieb, mollitia, nicht mollities XII, 66, wie Bött. Lex. Tac. s. v. Heteroclita angiebt. Nur von luxuria ist neben luxuriam Agr. 15 das auch sonst häufige (cf. Neue I, 385) luxuriem H. II, 7 aufzunehmen, da der Med. luxurię offenbar für luxuriê hat. 2) Theils schon der Nom. sing., theils nur Sing. und Plur. zwischen der 1. und 2. Dekl. schwankend. Von den wenigen Wörtern, die schon im Nom. sing. schwanken, finden sich bei Tac. vespera und zwar stets nach der 1. Dekl.; cf. An. I, 16; XV, 60; H. III, 19, und der Plur. margarita Agr. 12, dessen Sing. gewöhnlich margarita, seltener margaritum heisst; cf. Char. Inst. gr. I, p. 108 K. (83 P., 61 L.) und p. 57 K. (42 P., 31 L.); Neue I, 570. Von denen, die im Plur. der 1., im Sing. der 2. Dekl. angehören, hat Tac. epulum und epulae, balneum und balneae. Epulum ist H. I, 76, wie auch bei andern Schriftstellern, ein öffentliches Festmahl; sonst gebraucht Tac. epulae; cf. An. II, 2; XIV, 2, 3, 4, 16; XV, 30, 37 u. o. Balneum wird vom Einzelbade gebraucht, z. B. An. XIV, 64; XV, 64, 69; von mehrern Bädern oder den öffentlichen Bädern heisst es balneae und balineae (cf. Ritt. Philol. XX, p. 622 ss.), entsprechend den von. Varro L. L. IX, 41, 68, Char. Inst. gr. I, p. 99 K. (76 P., 55 L) u. A. aufgestellten Regeln; cf. An. XV, 52; H. II, 16; III, 11, 32, 83; daher wird auch Agr. 21 mit cod δ balneas resp. balineas, und nicht mit cod. γ und den neuern Edit. (ausser Ritt.) balnea resp. balinea zu schreiben sein, obwohl auch das Neutr. plur. nicht selten ist; cf. Schneid. 482, Neue I, 572. 3) Schwanken zwischen der 2. und 4. Dekl. Dahin gehören zunächst diejenigen, deren Geschlecht unverändert bleibt; diese sind domus (cf. § 32) und laurus, von dem der Abl. lauru An. XV, 51 und H. II, 55, 70 steht. Andere schwanken zwischen den Endungen us, us und um, i; diese sind ausser dem einmaligen tonitrua H. I, 18 eventus resp. eventum und praetextum resp. praetextus. Von ersterem Worte gebraucht Tac. immer die Formen nach der 4. Dekl. (cf. eventu An. II, 45, 46, 77, eventuum An. II, 26, eventibus An. XII, 31; H. III, 46; Agr. 22 u. o.) ausser An. IV, 33, wo er eventis hat und Ritt. eventibus vorzieht; zwar ist dies nicht so selten, wie Reis. § 83 und Haase l. c. A. 122[1]) (s. o.) angeben, aber es ist

---

[1]) Reis. weiss nur Plin. H. n. II, 17 anzugeben, wozu Haase Tac. Agr. 22 und Veg. de re mil. III, praef. hinzufügt.

kein Grund vorhanden, das auch sonst häufige eventis (cf. **Haase** l. c.
in eventibus zu ändern. Umgekehrt findet sich neben dem gewöhnlichen praetextum (praetexto H. I, 76, 77; II, 100; III, 80) H. l.
19 der Abl. praetextu. Ob der zweimal vorkommende Acc. cornum.
H. III, 22 und IV, 18, den die Edit. nicht verwerfen durften, ob-
schon sich die Corruptel leicht erklären liesse (H. III, **22** laevum
cornū complesse; H. IV, 18 sinistrum cornū Batavorum), von cornus
us oder cornum, i abzuleiten ist, lässt sich nicht entscheiden, da
beides durch Stellen aus Schriftstellern (cf. Schneider 342; Neue l.
530; Klotz Hdwbuch s. v.) sich belegen lässt, wie auch **von** Prisc.
V, 13, 71 (670 P., 211 Kr.) huius cornus et corni und namentlich
VI, 15, 77 (714 P., 270 Kr.) omnia enim masculina, quae neutra
quoque in u desinentia inveniuntur, eiusdem sunt declinationis,
ut-hic cornus hoc cornu, u. s. angegeben wird. (Der Abl. **cornu** ist
weit häufiger, als Neue l. c. angiebt; cf. An. I, 75; H. III, 22 u. s.
4) **Zwischen der 2. und 3. Dekl.** schwanken viele **Wörter** mit
den Endungen entum und en; erstere Endung ist bei Tac. sehr be-
liebt, so dass sich · bei ihm sogar als ἅπ. εἰρ. vimentum An. XII, 16
statt vimen findet; sehr häufig ist ferner levamentum, während leva-
men sich nur H. V, 3 findet; cf. Ritt. (ed. Cant.) und Bait. zu An.
XII, 5. Ebenso häufig ist cognomentum, cf. Nipp. An. I, 31 und
Bött. Lex. Tac. s. v., cognomen nur (?) H. II, 43. Andere Wörter
dieser Art cf. Bött. Lex. Tac. Prol. p. LVII,. Reis. § 83 u. A. 125.
Eigenthümlich ist, dass Tac., der im Nom. und Acc. sing. (cf. An.
II, 21; III, 43; H. I, 79) tegimen und einmal, G. 27, tegumen hat.
in den casibus obl. und im ganzen Plur. das i ausstösst, z. B. An.
I, 18, 41; II, 14; nur H. II, 20 steht barbarum tegmen, von Ritt.
als Glosse angesehen; cf. Reis. A. 125; Walth. H. I, 79; Otto An.
I, 18. Ferner schwanken oblivium und oblivio, dann obsidium und
obsidio, von denen ersteres weit häufiger, als letzteres, vorkommt:
ein Unterschied findet nicht statt[1]). 5) **Zwischen der 3. und 4.**
Dekl. schwankt nur Quinquatrus An. XIV, 12, das im Gen. An.
XIV, 4 Quinquatrium hat. 6) **Zwischen der 3. und 5. Dekl.**

---

[1]) Hier möchte wohl auch Erwähnung verdienen der Wechsel zwischen
den in der Bedeutung verschiedenen tabum und tabes, cf. Bait. An. II, 69 und
das mehrmalige Vorkommen von tergum, i für tergus, oris, das sich Tac. nach
dem Vorbilde des Sall. und der Dichter erlaubte An. IV, 72; XV, 44; H. II.
88; cf. Nipp. Bait. Ritt. (ed. Cant.) zu An. IV, 72; Her. Hist. II, 88, wie auch
umgekehrt ein unbekannter Dichter bei Mar. Vict. p. 2496 P. tergus für tergum
gebraucht: Galli timidi seminimes tergora vertunt.

chwanken plebs und plebes; plebs steht An. XIII, 48; XIV, 4; H.
., 4, 32, 35, 82; II, 92; III, 32, 83, plebes An. II, 19; XIII, 24;
KV, 59; XVI, 13; H. II, 88; IV, 45, 70, wozu auch An. III, 2, 40;
IV, 6 zu rechnen sind, wo der Med. plebis hat, wohl nur durch
einen Schreibfehler, cf. Otto An. III, 2, der aber unrichtig sagt,
dass Weissenb. Jahn Jahrb. 52, p. 48 ebenso urtheile, da Weissenb.
l. c. ausdrücklich sagt: „Die Nom. wie molis I, 45; III, 10; caedis
I, 51; plebis III, 2; IV, 6 sind wohl nicht mit Recht aufgegeben,
s. Drakenb. und Alschefs. zu Liv. III, 22; V, 51; V, 28, Bünemann
zu Lact. de mort. persec. XXXIII, 6; Senec. Epist. III, 7; Schneid.
II, p̄. 468.“ Der Gen. plebei in Verbindung mit tribuni: An. I, 15,
77; VI, 18 (12), 53 (47); XIII, 28, 44; über den Gen. plebi cf. § 34;
plebis II, 41; III, 27; IV, 32, 74 u. s. o., auch in Verbindung mit
tribuni An. XIII, 50; H. II, 91; IV, 9 und tribunatus plebis XIV,
48, Agr. 6; Ritter durfte daher XIII, 50 plebis nicht in plebei ändern,
zumal da er an den andern Stellen plebis stehen lässt. Der Dat.
plebei An. XII, 41; XIII, 31, plebi I, 8; II, 42; III, 29 u. s. o.
Falsch sagt Haase zu Reis. A. 95, dass plebs sich nur an wenigen
Stellen finde, während es doch im Nom. ebenso häufig, in den cas.
obliquis häufiger, als plebes ist. Zwischen der 3. und 5. Dekl.
schwankt ferner noch requies, dass im Acc. bei Tac. immer requiem
hat; cf. Otto zu An. I, 35; Reis. § 73 u. A. 95; Neue I, 589.
7) Von den Wörtern, die in der 2. Dekl. zwischen dem Masc.
und Neutr. schwanken, kommen bei Tac. vor: balteos H. I, 57;
calamistros D. 26 (cf. Neue I, 551); clipeus An. II, 83 in der Bedeutung von Brustbild, gegen die Vorschrift des Labienus bei Char.
Inst. gr. I, p. 77 K. (59 P., 42 L.), der in dieser Bedeutung clipeum
verlangt; doch führt Char. selbst ein Beispiel des Asinius für das
Masc. clipeus in der Bedeutung Brustbild an. Von locus bildet Tac.
loci und loca von der Oertlichkeit ohne Unterschied (im Med. I fast
immer das Masc.); der von Her. H. II, 70 aufgestellte Unterschied,
dass loci die einzelnen Punkte, loca die ganze Gegend, das Terrain
bezeichne, findet sich nicht bestätigt, wie namentlich An. XIII, 39;
H. I, 86; G. 16, 40 zeigen, in denen loca einzelne Punkte bezeichnet. Amtliche Stellen sind An. II, 55 loca, wie auch bei den andern
Schriftstellern, dagegen sagt Tac. von den Plätzen im Theater, die
sonst loca heissen, locos An. XV, 32. Loci sind ferner bei ihm,
wie auch sonst, Stellen bei Schriftstellern D. 22, philosophische
Materie D. 31. cf. Schneid. 473; Reis. § 81 u. A. 113; Neue I, 562.
Jocus hat an der einzigen Stelle, wo es vorkommt, An. II, 13 iocos,

vielleicht der Abwechselung wegen (per seria, per iocos); cf. Schneid. 474; Neue I, 565; Otto l. c. Frenum hat D. 38 frenos; cf. Schneid. 476; Reis. § 83 u. A. 120; Neue I, 566[1]).

Einige andere unter die Abundantia gehörenden Wörter, die Tac. ohne Unterschied der Bedeutung gebraucht, wie iuventus und iuventa, senectus und senecta u. a. s. Bött. Lex. Tac. s. v. Heteroclita und Bach Proleg. ad v. II, p. XX. Nicht hierher gehören Wörter, wie inscitia und inscientia, exemplum und exemplar u. a.

Adjektiva.

§ 41. **Motion der Adj.** Da Tac. vom gewöhnlichen Sprachgebrauche nicht abweicht, ist nur Folgendes zu bemerken: dexter hat mit Ausnahme von An. I, 61 dextera und XV, 28 dexteras stets im Fem. die Form ohne e sowohl im Sing., wie im Plur., bei adjekt. und substant. Gebrauche; cf. An. I, 35; II, 8, 31, 46, 58. 71; XII, 19 (Otto An. I, 35 falsch dexteram); XV, 71 u. s. o. Der Compar. lautet, wie bei allen Schriftstellern, (cf. Neue II, 74) dexterior H. III, 27. Von den Adjekt. auf er, is, e findet sich das Mask. sowohl auf er als is, ersteres häufig, z. B. H. II, 39 alacer; An. II. 83 equester etc. H. II, 11 steht für das Mask. pedestre, woraus wohl näher auf pedester, als auf das von Ritt. vermuthete pedestris zu schliessen ist. Das Mask. auf is findet sich in celebris An. II, 88; XIII, 47; XIV, 19, nicht aber in alacris H. V, 16, wie Halm hat und Dräg. zu An. II, 88 angiebt, da das überlieferte alacrior einen ganz passenden Sinn giebt. cf. Rudd. p. 14, A. 74; p. 164. A. 93. Zumpt § 100, A. 1; Billroth § 87, A. 2[b.] Neue II, 5 ss.

§ 42. **Abl. sing. der Adjekt.** Die Adj. auf is, e und er, is, e haben im Abl. nur i; nur an 2 Stellen findet sich e, nämlich H. II, 9 breve bei unmittelbar vorhergehendem anquirente, wobei sich die ursprüngliche Form brevi auch noch durch unmittelbar folg. Corruptel auditu vi quamvis für auditu quamvis zeigt; die andere

---

[1] Fulgor der Glanz steht An. XIV, 54; Agr. 32, 33; G. 45; fulgur der Blitz XIV, 22; XV, 47; H. I, 18; dagegen steht An. XIII, 41 fulguribus vom Blitze, was Or., Bait., Nipp. und Ritt. (ed. Cant.) in fulguribus ändern, während die meisten übrigen Edit. fulguribus beibehalten, was sich in der Bedeutung von Blitz nicht nur bei Dichtern, wie Lucr. VI, 170 (Lach.), Virg. Aen. VIII, 524; Cic. de div. II, 39, 82 aus Ennius, sondern auch sonst, z. B. Cic. de div. II, 19, 44 findet; cf. Neue I, 174.

Stelle ist H. II, 82, wo pr. m. civile, sec. m. civili steht, welches
etztere bei dem überhaupt so sehr seltenen Abl. auf e (cf. Neue
I, 19) natürlich aufzunehmen ist. Von celer sagt Char. Inst. gr. p.
124 K. (100 P., 71 L.): Celere si proprium sit nomen viri; quod si
emininum sive id fuerit neutrum communis generis, celeri, id est,
ıb hoc et ab hac celeri; der erste Theil der Regel ist richtig, z. B.
An. XV, 42 Celere; ob sich der zweite Theil für Tac. bestätigen
würde, lässt sich nicht entscheiden, da an sämmtlichen mir bekannten Stellen, wo celeri steht, es immer als Fem. vorkommt, z. B. An.
II, 55; H. II, 81; III, 52; bei andern Schriftst. bestätigt sich die
Regel nicht. Ueber die substant. gebrauchten Adj. und Monatsnamen cf. 16, 5. Die Comparative haben an mindestens 100 Stellen
e im Abl., daher an den zwei Stellen, deren eine auf i hinweisst,
aber corrupt ist, H. II, 76, und deren andere wirklich i hat, H. III,
21, ohne Bedenken zu emendiren ist. H. II, 76 steht nämlich
splendiorj origine, wo einige Edit. splendidior origine, andere splendi-
diore origine, Weissenb. und Ritt. splendidior is origine schreiben;
letzteres scheint mir das Richtige, da is durch den folgenden Gegen-
satz verlangt wird. H. III, 21 steht primori in acie, wo mir i durch
das folgende in entstanden zu sein scheint und Ritt. daher mit Recht
primore in acie schreibt. Andere Stellen, die sich für den Abl. der
Compar. auf i anführen liessen, sind theils durch die neuen Textes-
collationen erledigt, wie H. I, 55, wo der Med. superiore, nicht
superiori hat, theils durch richtigere Erklärung, wie An. XI, 24
priori populo factitatum est, wo priori populo Dat. ist. Der auch
schon von Haase zu Reis. A. 78 gerügte Irrthum Zumpts § 64, A.
1, dass bei Curt. und Tac. i immer häufiger werde, ist dem Obigen
entsprechend zu berichtigen. Von den Adjekt. einer Endung haben
die auf x ohne Ausnahme i, z. B. felix H. IV, 77; infelix An. I,
61; II, 75; ferox Agr. 8; trux An. IV, 25, 34 u. o., atrox An. II,
28; V, 3; H. II, 54; procax An. IV, 21; XI, 31; minax An. XII,
64; H. II, 14; III, 67; pervicax An. XIII, 33; pertinax H. I, 51;
supplex H. IV, 2; simplex An. XV, 45; H. V, 23; duplex H. IV,
30; multiplex An. VI, 7 (1); H. IV, 38.

Alle mit Nominalstämmen zusammengesetzten Adjekt.
haben i; es kommen vor: ingens An. II, 72; IV, 5; XIII, 39 u. o.;
degener An. XII, 19; discors An. XIII, 25; H. II, 10; socors H.
III, 69; vecors H. IV, 68; iners H. I, 62; D. 22; inops H. I, 66;
versicolor H. II, 20; praeceps An. IV, 30; XII, 66; G. 1; demgemäss
auch H. III, 86, wo der Med. praecipit in occasum die hat: anceps An.

36

l, 36; Agr. 26; (wenn dies Wort vielleicht auch besser von capere, als caput abgeleitet wird, so war doch jedenfalls den Röm. dies nicht im Bewusstsein, und sie behandelten es als ein Compos. von caput; cf. Prisc. VII, 12, 64 (764 P., 334 Kr.)). Von den mit Verbalstämmen zusammengesetzten Adjekt. hat princeps immer e; cf. An. IV, 15; VI, 22 (16); XI, 16; XII, 63 u. o. Von particeps kommt an corrupter Stelle An. VI, 16 (10) vor: Marino participis Seianus Curtium Atticum oppresserat; das Corruptel scheint mir zwar durch Dittographie des s entstanden und Nipp.s Emendation participi richtig zu sein; doch fehlt mir ein Beleg für Nipp.s Angabe, dass die Wörter auf ceps, cipis mehrmals einen Abl. sing. auf i haben. Von andern Adjekt. ausser denen auf ns haben immer i: par An. I, 70; II, 25, 45, 59, 60; III, 12 u. s. o. dispar An. XII, 40; XIV, 50; H. II, 4; IV, 68; impar An. XVI, 5. Nur e haben: compos An. XV, 70; locuples H. I, 46; dives An. III, 22. Vetus hat vetere: An. I, 4, 7; II, 30; III, 3, 21; IV, 5, 27; XIII, 37; XIV, 42; H. I, 54; II, 43, 59; III, 32, 51, 71; IV, 12, 61, 83; Agr. 14, 31; D. 19, 28. An. I, 58 steht vetere als Variante, während das ursprüngliche vetera als Eigenname sich halten lässt; cf. Pfitzner: die Annalen des Tac. p. 47. Agr. 4 hat der bessere cod. γ vetere, während δ ganz corrupt uoti^m hat. H. III, 51, wo nach Haase zu Reis. A. 76 veteri stehen soll, hat der Med. vetere; es bleiben somit für den Abl. veteri nur An. I, 60 und die von keinem Gram. erwähnte Stelle D. 24; ich trage kein Bedenken, an beiden Stellen vetere zu schreiben, was an ersterer Stelle bereits von mehrern neuern Edit., an letzterer erst von Ritt. geschehen ist. Von den Wörtern auf ns haben zunächst die wirklichen Adj. nur i, z. B. frequenti An. III, 9; H. III, 36; clementi An. I, 58, (als Eigenname natürlich Clemente An. I, 23); eleganti An. XI, 4; innocenti Agr. 45; recenti An. I, 48; II, 84; IV, 3, 8, 15; XI, 3; XIV, 23; H. I, 8, 34, 72; IV, 70; mit Recht schreiben daher auch die meisten Edit. An. II, 46 decore aut recenti libertate statt des durch Assimilation entstandenen recente, wie es sowohl dem constanten Tacit. Gebrauche dieses Wortes, als dem der übrigen Adjekt. auf ns entspricht. Participia auf ns, die adjekt. gebraucht werden, haben in dieser adjekt. Bedeutung nur i; dag. als wirkliche Partic. e; cf. die adjekt. gebrauchten Part. flagranti An. III, 6, dagegen beim Abl. abs. flagrante An. XIV, 39; praesenti An. I, 38; III, 34; IV, 35, 47; XI, 8; XII, 6; XIV, 57 ex coni c.; H. I, 77, 86; II, 75; beim Abl. abs. praesente H. IV, 73, wie absente H. IV, 9, 70; distanti

An. III, 24; adroganti An. III, 7; squalenti An. XV, 42; sequenti
H. I, 19; D. 3; affluenti H. I, 57; patenti H. II, 43; III, 21; ferner
die wirklichen Part., wie: instante An. XV, 8; intumescente An. I,
8; adpetente An. IV, 51; accusante An. IV, 52; monente An. XI,
8; minitante An. XI, 10; XIV, 35; vocante An. XI, 10; durante
An. XIV, 39; XV, 64; puaeumbrante An. XIV, 47 etc. etc. Pro-
fluente aqua An. XV, 45 hält Neue II, 46 mit Unrecht für adjekt.;
denn es kommt bei dem Erzählten durchaus nicht darauf an, dass
das Wasser die Eigenschaft des Fliessens hatte, sondern dass es
Wasser war, welches aus der Erde herausquoll, Quellwasser, im
Gegensatze zu solchem, welches schon eine Zeit lang in Gefässe ge-
füllt war. An einigen Stellen, in denen das Part. die Form auf i
hat, ist dasselbe Dat., z. B. An. II, 76 consultanti, (cf. Otto), XI, 3
consultanti, (cf. Walth. u. Ritt. ed. Cant.); XIV, 60 instanti. XIV,
13 steht nicht cunctanti, wie Neue II, 44 nach früherer Lesart angiebt, sondern ganz richtig cunctari. Nur an 3 Stellen steht der
Abl. des Part. im verbalen Gebrauche auf i, deren eine, An. XIV,
24 toleranti, den auch seit Ernesti meist aufgenommenen Gen. tole-
rantis verlangt; an den beiden übrigen Stellen, An. IV, 28 pero-
ranti filio und XV, 53 expostulanti Scaevino haben die meisten Edit.
mit Recht die Form auf e geschrieben; endlich ist an der einzigen
noch übrigen Stelle, die auf den Abl. i hinzuzeigen scheint, An.
XV, 17 hoc conquirentium inritum wohl mit Walth. hoc conquirente
iam inritum zu schreiben. Ueber die subst. gebrauchten Part. cf.
§ 16, 6.

§ 43. Der Gen. plur., der Adjekt. und Part. 3. Dekl.
lautet regelmässig auf ium; also discordium An. I, 38; ditium An.
XI, 7; locupletium An. VI, 22 (16); victricium im adjekt. Gebrauche
H. II, 59, 77; III, 50. Von den als Ausnahme geltenden Adj. hat
zwar vigil An. XI, 35 vigilium (praefectus), aber da sich bei keinem
Schriftsteller ein Beispiel dieses Gen. findet, ist er mit Recht in
vigilum geändert worden. Indessen hat Tac. auch einige Male den
bei Dichtern häufigen (cf. Rudd. p. 98; Neue II, 56; Otto An. IV,
12) zusammengezogenen Gen. des Partic. auf um statt ium; cf. An.
IV, 12 dolentum; An. IV, 41; XI, 22 salutantum; An. VI, 56 (50)
gratantum. Von Compar. hat plus plurium; cf. An. I, 32; IV, 69;
XII, 47 u. o., cf. Neue II, 101, während es im Nom. plur. gen.
neutr. nur plura hat; cf. An. XIII, 37, 39 u. o.

§ 44. Zum Nom. inpubes resp. inpubis (cf. Prisc. VI, 12, 65,
(707 P., 262 Kr.) findet sich bei Tac. inpubem H. III, 25, der Plur.

inpubes H. IV, 14. Im Plur. gen. neutr. findet sich nichts von den bekannten Regeln Abweichendes. Ueber den Nom. und Acc. plur. auf is cf. § 19 u. 20; über den Gen. plur. auf um statt orum cf. § 11.

§ 45. **Adjekt. abundantia**. Eine bestimmte Regel über den Gebrauch der Adjekt. abund. bei Tac. lässt sich nicht aufstellen; er gebraucht dieselben in folgender Weise: Von exanimis An. XII, 68; XIV, 7 steht der Gen. exanimis An. VI, 46 (40), der Acc. **exanimem** An. I, 5; XIV, 9; der Nom. plur. exanimes An. III, 46; von **exani-mus** steht der Nom. plur. exanima An. I, 70, der Acc. **exanima** An. I, 32; IV, 63, der Abl. plur. exanimis An. IV, 51; XVI, 13. Von inanimus findet sich der Nom. plur. inanima An. IV, 69, der Acc. plur. inanima (ex coni. c.) H. I, 84; (inanimis findet sich **nur bei** Appul.); dagegen finden sich wieder nur Formen nach der 3. Dekl. von semianimis, nämlich semianimem H. III, 25 und der Nom. plur. semianimes H. III, 84; vorherrschend sind also bei den Compos. von animus die Formen nach der 3. Dekl. Ebenso ist es mit den Compos. von **arma**; inermis An. XIV, 59 bildet inermem An. VI, 37 (31); XVI, 9; H. I, 40, 79; II, 88; III, 73; den Abl. inermi H. I, 16, den Nom. inermes H. I, 11; II, 81; III, 5; IV, 64, 65; Agr. 37, inermium H. I, 16; III, 31; den Acc. inermes An. XIV, 36; H. II, 83, inermia An. I, 46, inermibus An. XV, 67; nach der 2. Dekl. finden sich inermum An. I, 6, inermos An. I, 51; H. III, 6, 77. Dagegen finden sich wieder nur Formen von semermus, nämlich semermos An. I, 68; III, 45; daher wird wohl auch An. III, 39 das corrupte semerme ac palantes mit J. Gron. und den meisten Edit. in semermi und nicht mit Ber. in semermes zu verwandeln sein. Bei den Compos. von sommus gebraucht Tac. semisomnus H. V, 22, semisomnos An. I, 51; IV, 25, dagegen insomnes An. I, 65; H. II, 49. Ohne Unterschied gebraucht Tac. ferner die Formen von auxiliaris, cf. An. I, 39, 56; II, 18; XII, 27 u. s. und auxiliarius An. I, 51; H. V, 16 u. s.; alarius An. III, 39; IV, 73; XII, 27 und alaris An. XV, 10. Von den nach den neuen Textesrecensionen überhaupt seltenen Formen von imbecillis (cf. Neue II, 70) findet sich bei Tac. nur Agr. 15 cod. γ imbecillibus, sonst das sinnent-sprechendere imbellibus, wie ja auch γ corrigirt hat, und 46 cod. δ imbecillia, γ imbecilla, wie Tac. auch sonst nur die Formen nach der 2. Dekl. gebraucht, cf. An. I, 56; II, 76; III, 33, 34; IV, 50; VI, 55 (49); XV, 5. Indecorus ist bei Tac. stehende Form, z. B. An. III, 66; IV, 3; H. II, 50 u. o.; nur Agr. 16 haben γ u. δ indecoris, was von den meisten Edit. verworfen, von Wex aufgenommen wird. Die einzige Autorität für indecoris ist Acc. bei Non. p. 489, 1 „cuius sit vita indecoris, mortem fugere turpem haud convenit“; aber Serv. zu Virg. Aen. VII, 231 u. Prisc. VI, 9, 47 (699 P., 250 Kr.) geben als Nom. indecor an; dass indecoris bei Acc. Femin. von indecor sein solle, wie Wex sagt, und Tac. nun die femin. Form auf is maskul. gebraucht habe, wie celebris (cf. § 41), ist doch eine gar zu kühne Vermuthung; man wird das ἅπ. εἰρ. indecoris Acc. lassen als Adjekt. auf is, e und für Tac. das ihm gewöhnliche indecorus herstellen. Ebenso bedenklich ist H. I, 53 decori iuventa, was von neuern Edit. nur Döderl. aufgenommen hat; das Adjekt. decor, decoris, was Prisc. VI, 9, 47 (699 P., 250 Kr.) angiebt, findet sich nach den dort erwähnten Stellen bei Näv. und Sall., bei letzterem nicht ohne Variante, ausserdem noch Appul. de deo Locr. 2, p. 121; bei dem sehr häufigen Gebrauche von decorus bei Tac. hat Bait. jedenfalls Recht, der statt decori vorschlägt decor; = decorus, was die neuern Edit. aufgenommen haben, während man früher meistens decora las. Neben den gewöhnlichen Formen von dives findet sich von dem seltenern dis ditis An. XII, 29; ditem H. III, 32; dites An. III, 46, 55; IV, 55; XI, 18; XV, 54; H. II, 56; IV, 1; ditium An. XI, 7; ebenso ditior, ditissimus, cf. § 46 und ditare An. XV, 71; cf. Otto An. III, 46. Häufig ist inquies als Adjekt., cf An. I, 65, 68, 74; III, 4; VI, 24 (18); XVI, 14, inquietus H. I, 20. Egens und egenus sind gleich gebräuchlich, ersteres An. I, 74; XII, 49, 66, letzteres An. I, 53; IV, 30; XII, 46 u. s., auch wohl An. XII, 20 herzustellen, wo der Med. egentum hat. Opulens hat Tac. nie, oft opulentus, z. B. An. III, 46; H. II, 32 u. o.; ferner nur enervis, D. 18.

§ 46. **Comparation.** Von dives gebraucht Tac. keine Gradus, sondern nur von dis; ditior An. XIII, 44; XIV, 55, ditissimus An. VI, 25 (19); H. I, 51; II, 81; IV, 18. Iuvenis bildet G. 24 iuvenior; cf. Neue II, 73. Maturus hat maturrimus resp. maturrime An. I, 63; XII, 65; XV, 74; cf. Otto An. I, 63; Neue II, 76. Strenuus hat H. IV, 69 strenuissimus, pius Agr. 43 piissimus; beide Formen stellt auch Char. Inst. gr. I, p. 115 K. (90 P., 66 L.) zusammen, und sie finden sich oft, cf. Neue II, 81 u. 82, wonach Dronke Agr. 43 zu berichtigen ist, der strenuissimus nur Tac. zuschreibt. Dexter hat dexterior H. III, 27. Von selten gesteigerten Wörtern auf ilis hat mobilis H. I, 24 mobilissimus; cf. Haase zu Reis. A. 198, Neue II, 96. Von vulgaris findet sich zwar sonst kein Superl., doch hat

wohl Haase l. c. A. 200 Recht, vulgarissimum An. XIII, 49 statt
des überlieferten vulgatissimum zu schreiben, wie auch die neuesten
Edit. ausser Ritt. geschrieben haben. Ueber einige theils hart
klingende und seltene Formen, wie insignitior, sollicitior, impro-
visior, invisior, irrevocabilior, theils als Gradus von Partic. be-
merkenswerthe Formen, wie conspectior, abiectior, toleratior, junctissi-
mus, metuentior, excusatior, absolutissimus, impeditissimus, quaesitior,
quaesitissimus, editior, porrectior, destrictior, compositior, occultior,
flagrantissimus u. a. cf. Rudd. p. 183, Reis. A. 199, Dräg. § 9.
Plerique heisst bei Tac.: „sehr viele, gar manche", cf. An. I, 17;
III, 1, 34; IV, 9; H. I, 5, 13 u. o., Nipp. u. Otto zu An. III, 1,
Her. zu H. I, 5; plurimi steht in derselben Bedeutung An. IV, 39,
dagegen in der Bedeutung: „die meisten" An. I, 18; H. IV, 84; cf.
Zumpt § 109 A.

Zahlwörter.

§ 47. **Cardinalia.** Duo hat im Gen. duum H. IV, 57, im Acc. immer
duos, An. VI, 47 (41); H. I, 85 u. o., wie auch ambo ambos An.
XIII, 54 u. s. hat. Tres hat im Nom. immer tres, z. B. H. I, 27
u. o., im Acc. bald tres, z. B. An. XIII, 30, bald tris, z. B. An. XIV,
28; XV, 18, entsprechend den Vorschriften bei Prisc. VII, 17, 84
(775 P., 348 Kr.), Gell. XIII, 21 (20), 10; Serv. Virg. Aen. I, 108;
Fronto de diff. voc. 2201. Von 11—16 incl. gebraucht Tac. die zusammengesetzten Zahlen; 17 heisst An. XIII, 6 septem decem, was
beizubehalten ist; cf. Prisc. XVIII, 21, 172, (1170 P., 183 Kr.) Li-
vius-frequenter etiam sine conjunctione septemdecem et decemseptem;
Drak. Liv. X, 21; XXIX, 37; Fabri Liv. XXIV, 15; Neue II, 108.
18 heisst An. II, 63 duodeviginti, 19 An. XII, 56 undeviginti, H.
II, 58 decem novem, wo Ritt. coll. Prisc. de fig. num. IV, 19
(1352 P., 397 Kr.) decem et novem schreibt; indessen sagt Prisc.
l. c., dass besonders bei eingeschobener Conjunction die kleinere Zahl
nachstehe, (maxine conjunctione interposita), nicht dass bei nach-
gestellter kleinerer Zahl die Conjunct. stehen müsse. Von 20—100
steht die kleinere Zahl immer mit et vor, nur H. I, 48 steht quinquaginta septem, und An. VI, 34 (28) mille quadringentos sexaginta
unum. Die Hunderte und Tausende stehen den kleinern Zahlen
bald mit et, z. B. An. IV, 55; XIII, 58, bald ohne et, z. B. An. VI,
34 (28); H. III, 72, vor.

§ 48. **Ordinalia.** Bis 20 steht immer die kleinere Zahl ohne
Verbindung vor der grössern; der 18te heisst An. XIII, 6 u. H. I, 27

octavus decimus, der 19te An. XIII, 6 u. D. 34 nonus decimus, dagegen An. I, 60 undevicesimus. H. I, 64 steht cohortem XVIII, wo die meisten Edit. duodevicesimam, Ritt. aber, coll. H. I, 80 septimam decimam cohortem und Prisc. de fig. num. V, 21 (1352 P., 397 Kr.), octavam decimam schreibt; diese Auflösung der hdschr. Zahl scheint mir richtig, da die beiden Med. häufiger die durch Addit. als Subtraktion entstandenen Formen bieten; cf. noch ausser den obigen Stellen An. VI, 56 (50) octavo et septuagesimo. (H. I, 18 ist duodevicesimam richtig in duoetvicesimam geändert.). In den zusammengesetzten Zahlen von 20—100 steht die kleinere Zahl mit et vor der grössern; nur an 2 Stellen folgt die kleinere der grössern ohne et. An. III, 76 sexagesimo quarto und XI, 22 sexagesimo tertio. Bei Zahlen über 100 steht immer die grössere Zahl vor und die kleinere folgt bald ohne et, H. III, 34, bald mit et, G. 37.

Für die Verbindung mit 2 steht immer indeklinabel duo et, nur einmal, D. 34, alter et. Ein wird in der Zusammensetzung immer mit unus gegeben, z. B. H. I, 48 unum et tricesimum, D. 34 uno et vicesimo. Nur einmal findet sich primus an offenbar verdorbener Stelle, H. I, 61 quorum robur legio una prima et vicensima fuit; früher las man gewöhnlich — legio una, prima et vicesima; mit Recht haben die neuesten Edit. das sonst bei Tac. in Verbindung mit Ordin. nicht vorkommende prima gestrichen, um so mehr, da nach dem ganzen Zusammenhange gar kein Nachdruck auf den Begriff: „eine Legion" zu legen ist; das Corruptel ist aus einer falschen Auflösung des hdschr. XX; (cf. H. IV, 78) entstanden, wozu ein gelehrterer Abschreiber das richtige una hinzufügte, ohne das falsche prima zu streichen; indessen glaube ich, dass auch nicht una et vicesima zu schreiben ist, sondern unetvicesima; im Med. I steht nämlich immer die zusammengezogene Form, An. I, 31, 51 unetvicesimani (Nom.), I, 45 unetvicesimae (Gen.), I, 64 unetvicesima (Nom.); nur I, 37 steht quintaniunt et vicessimanique, woraus Ritt., wie überall, unaetvic., Halm unietvic. macht, während das von Or., Nipp. u. Bait. aufgenommene unetvices. ebenso nahe liegt; im Med. II steht nun überall die Form auf a, nämlich: H. I, 67 una et vicesimae (Gen.), II, 43 unę et vicensimanorum = unętvic. = unaetvic., II, 100 u. IV, 68 una et vicensima (Nom.), IV, 70 unā (das Zeichen für m von neuer Hand) et vicensima (Nom.) und endlich III, 14 unietvicensimae (Dat.). Da nun der Med. I stets die zusammengezogene Form hat, glaube ich, dass diese auch im Med. II herzustellen und überall unetvic. zu schreiben ist.

§ 49. **Distributiva.** Der fehlende Singul. von singuli wird ersetzt durch unus aliquis, negativ nemo unus; cf. An. XIV, 45; H. I, 6, 13; D. 6; Dräger Synt. § 20. Zweimal steht trini, wo man tres erwarten könnte, H. I, 2 trina bella und H. III, 82 trinis praesidiis, eine Eigenheit, die sich bei Schriftstellern der Kaiserzeit. namentlich mit trini, öfters findet; cf. Neue II, 118; indessen wird man sich für die beiden Tacit. Stellen am besten der Erklärung der Distrib. von Reis. § 115, p. 177 anschliessen, welche lautet: „Der Begriff des Distrib. ist, dass der Inbegriff mehrerer Einheiten gegeben. werden soll, welche Einheiten auf Ein Mal gezählt werden sollen; bini heisst also nicht bloss: je zwei, sondern: zwei **auf Ein Mal.**“ Dies auf obige Stellen angewandt, giebt genau den richtigen Sinn. Von 10—20 steht, wie auch bei den andern Schriftstellern, die kleinere Zahl ohne Verbindung vor, z. B. An. I, 36 sena dena: D. 17 bis quaternos denos. H. V, 11 wird die äusserst seltene Verbindung mit que centenos vicenosque von den neuern Edit. mit Recht gestrichen. In demselben Cap. hat Becker das wohl durch falsche Auflösung des Zahlzeichens entstandene sexaginta richtig in sexagenos verändert.

§ 50. Tac. hat An. XI, 4 quindecies, wie auch Cic. Verr. II, 25, 61 und Mart. VII, 10, 15 geschrieben haben. In der Zusammensetzung von 20 an steht die kleinere Zahl mit Verbindung vor, z. B. An. I, 9 semel atque vicies; H. I, 20 bis et vicies. An. XI, 25 pflegte man früher das hdschr. LVIIII LXXXIIII LXXII falsch aufzulösen in quinquaginta novem centena octoginta quattuor milia septuaginta duo; das Richtige hat Ritt. (nach dem Mon. Ancyr. Tab. II, v. 4 ss. Baiter am Schlusse der An.): quinquagies novies centum milia, octoginta quattuor milia, septuaginta duo, wobei vielleicht nach Anleitung des Mon. Ancyr. das ja auch bei Tac. ebenso gebräuchliche et (s. oben) hinzugefügt werden konnte.

Ueber die Zahladverbien auf um und o cf. § 60.

Pronomina.

§ 51. Der bei Dichtern öfters und in Prosa zuweilen vorkommende Plur. gen. fem. haec (cf. Voss. de anal. IV, p. 196; Bentl. Ter. Andr. I, 1, 99; Alschef. Liv. XXI, 21, 4; Fleckeis. Rh. Mus. 1849, 7, p. 271, Neue II, 150) steht G. 13 im cod. A pr. m., corr. hae; dies ganz vereinzelte haec ist um so weniger aufzunehmen, als gerade haec dignitas vorhergeht und an zweiter Stelle haec also durch Dittographie entstand.

Im Dat. und Abl. plur. von qui gebraucht Tac. ohne Unterschied quis und quibus; cf. Reis. A. 222; Neue II, 170; Otto An. I, 8. Der Abl. qui findet sich An. II, 70 qui proprius regrederetur; aber da sich sonst qui mit einem Compar. quo damit desto nicht findet (cf. Reis. A. 490), haben die Edit. mit Recht quo geschrieben; richtig dagegen scheint mir D. 37 quicum nach Dryand.s Emend. für das hdschr. qui, wodurch mit geringer Aenderung ein guter Sinn hergestellt wird, nämlich: „quoque maior adversarius et acrior quicum pugnas sibi ipse desumpserit“; quicum ist hier um so erklärlicher, da dreimal quo vorhergeht. Der Nom. sing. gen. fem. und der Nom. und Acc. plur. gen. neutr. von aliquis nach si lauten immer qua, z. B. An. I, 32, 35; II, 50 etc. etc. um so auffallender ist, dass Halm D. 3 si quae omisit schreibt; der Cod. A hat nämlich pr. m. emisit, corr. omisit, welches letztere auch B u. C haben; wenn nun Halm auf das ursprüngliche emisit in A so viel Gewicht legte, musste er si quae misit schreiben, da ja mittere von Tac. häufig gleich omittere gebraucht wird; cf. Her. Hist. I, 2; aber sowohl die Corr. in A in Verbindung mit der Lesart der übrigen Cod., als auch der constante Gebrauch des Tac. fordern auch hier zu lesen: si qua omisit.

Der Pron. interrog. quis wird von Tac. nicht nur im Sinne von wer, welcher gebraucht, z. B. An. I, 41 quis ille flebilis sonus; I, 48 quis finis; cf. Ritt. (ed. Cant.) l. c. u. Reis. A. 225, sondern auch im Sinne von qui, was für einer, wie beschaffen, z. B. H. I, 37 quis processerim, wo es nicht auf den Namen, sondern auf die Stellung ankommt. Quid ist immer subst., quod adjekt., und letzteres fragt nach der Beschaffenheit, z. B. An. I, 48 quod caedis initium; I, 42 quid — inausum intemeratumve vobis? quod nomen huic coetui dabo?

Von quisquis findet sich An. VI, 13 (7) zuerst das Fem. quaqua de re, dann bei Appul. und den Juristen; cf. Otto An. l. c. Quisquam steht adjekt. D. 29 nec cuiquam serio ministerio accomodatus; cf. Neue II, 177.

Quicumque, welches von den frühern Schriftstellern ausser in quacumque ratione nur relat. gebraucht wird, steht häufig adjekt. = quisque; An. III, 5 cuicumque nobili, H. I, 11 cuicumque servitio; I, 15 quemcumque principem u. o.; cf. Madv. § 87, A, 1; Her. Hist. I, 11. Ebenso qualiscumque An. III, 16 und quantuluscumque H. I, 18.

Die so vielfach besprochene und geleugnete Bedeutung des Pronom. aliquis von alius quis, (cf. Klotz Hdw. d. lat. Spr. s. v.; Otto An. I, 4; Reis. A. 351; Neue II, 172), lässt sich doch bei einer grossen Zahl von Stellen nur schwer wegerklären; ich verweise namentlich auf Cic. Brut. XC, 310 commentabar declamitans — saepe cum M. Pisone et cum Q. Pompeio aut cum aliquo und Cic. de or. II, 42, 178 odio aut amore aut cupiditate aut iracundia aut dolore aut laetitia aut spe aut timore aut errore aut aliqua permotione mentis; mag man aliquis auch mit O. Jahn zu Brut. l. c. erklären, „irgend einer, wer es auch sei", man kommt damit immer auf den Sinn, „irgend ein anderer." Ich trage daher auch kein Bedenken, An. I, 4, das von Nipp. und Dräg. angefochtene aliquid beizubehalten, also: „nicht einmal in jenen Jahren — habe er auf irgend etwas, was es auch sein mochte, als auf Zorn und Verstellung und geheime Lüste gedacht — habe er auf irgend etwas anderes, als — gedacht." Aehnlich ist G. 21, wo für das hdschr. (A) convictibus et hospitiis non aliqua gens effusius indulget, alle mir vorliegenden Edit. alia gens schreiben; auch hier heisst es: „irgend ein Volk, welches es auch sein mag", d. h. „irgend ein anderes Volk." Dass sich daneben auch alius quis und quis alius findet, kann kein Beweis gegen die eben besprochene Bedeutung von aliquis seih; wer indessen dieselbe nicht anerkennen will, wird jedenfalls am Besten An. I, 4 aliud quid mit Dräg. und G. 21 alia qua schreiben.

Quis für quisque nach ut findet sich nur bei Tac., cf. Otto An. I, 27 und meine Animad. zu XVI, 11.

Der Dat. und Abl. plur. von is lauten bald iis, z. B. An. I, 8, 63; II, 43, 50 etc., bald is, z. B. An. III, 11; XII, 23; ferner An. I, 4 pr. m.; auf is weisst auch das oftmalige his für is; cf. Weissenb. Jahn's Jahrb. v. 52, p. 47 und Otto An. 1, 14, wo also auch is zu schreiben ist; denn dass dies his nicht aus iis verdorben ist, zeigt u. A. das häufige Vorkommen von his für den Nom. is, z. B. An. XI, 11; XIV, 39; XV, 21; H. I, 19, 43, 49 etc. Die zusammengezogene Form is stelle ich auch her An. IV, 69, indem ich für das hdschr. metus visus sonitus aut forte ortae suspitionis erant schreibe: metu is visus, sonitus aut forte ortae suspitiones erant; cf. meine Krit. Bemerkungen l. c., ferner An. XIV, 20, wo ich für quis superesse vorschlage quid is superesse und endlich G. 39, wo ich centum pagi is habitantur lese, während die Cod.

pagis haben und die Edit theils pagi iis, theils pagis habitant schreiben. Von idem lautet in den beiden Med. der Nom. plur. stets idem, der Dat. u. Abl. plur. isdem, z. B. An. I, 13, 17, 31, 37 o. s. o.; auch H. IV, 32 steht idem, nicht iidem, wie Otto An. I, 13 angiebt. Nur in den kleinern Schriften des Tac. findet sich einige Male iisdem, was die neuern Edit. mit Recht in isdem verwandelt haben, z. B. G. 10, 12; D. 1 u. o. Der contrahirte Nom. findet sich nicht. Ueber diese sämmtlichen Formen cf. Zumpt § 132 s. f., Madv. § 84, A. 1, Reis. A. 230, Neue II, 139.

Der Gen. von alius ist nach Prisc. XIII, 3, 12 (959 P., 566 Kr.) selten: eius (alius) genetivus rarus est in usu; Diom. sagt sogar p. 333 K. (322 P.) et alius pronomen aeque (ac nemo) genetivum non habet, ut dicamus alius, etsi antiqui genetivum alius producta i dixerunt. Bei Tac. findet sich daher auch stets im Gen. alterius im Sinne von alius; cf. H. II, 90 und Her. l. c.; daher ist auch An. XV, 25 die künstliche Erklärung von Nipp. nicht nöthig und ne cuius alterius ist gleich ne cuius alius. Weitere Stellen s. Neue II, 157.

Der in den Hdschr. nur äusserst selten contrahirte Nom. plur. ali (cf. Neue II, 158) steht zwar H. IV, 52, muss aber wohl, wie bei den übrigen Wörtern auf ius (cf. § 9) in alii aufgelöst werden. Ebenso verhält es sich mit alis, auf welches das Corruptel talis An. II, 33 hinweisen könnte, was auch bei sonstiger Verschiedenheit in der Lesart Otto und Nipp. l. c. und Weissenb. Jahn's Jahrb. v. 52, p. 40 verlangen; indessen der Hinweis auf is und dis für iis und diis beweisst doch nichts, da ja nach dem ausdrücklichen Zeugnisse alter Gram. (cf. Prisc. VII, 4, 14 (736 P., 300 Kr.)) und den Stellen der Dichter diese Wörter immer einsilbig sind, auch wenn sie zweisilbig geschrieben werden, ausser in den Formen eis und deis, dagegen bei andern Wörtern die Contraktion von ii und iis nur sehr selten ist; cf. § 10. Es scheint mir daher die corrumpirte Stelle entweder mit Halm, Dräg., Bait. und Ritt. sed ut, sicut locis antistent, ita iis quae oder mit Haase sed ut et locis antistent et aliis quae hergestellt werden zu müssen. Ueber nullus und nemo cf. § 39.

Von Anhängesilben finden sich ce in huiusce H. II, 101, pte in suapte (natura) An. IV, 12, suopte (ingenio) An. III, 26; H. II, 63; IV, 68; V, 14; met in semet An. I, 44, sibimet An. VI, 25 (19); suasmet An. III, 66; suomet H. III, 16 etc.

Zeitwörter.

§ 52. Genera der Zeitwörter. Mehrere Verba, die theils immer, theils meistens intrans. gebraucht werden, haben ein persönl. Passiv; zu erstern gehören: regnare An. XlII, 54; H. I, 16; G. 25, 43; cf. Virg. Aen. III, 14; VI, 770, 794; Ov. Met. VIII, 623; XIII. 720; Hor. Carm. II, 6, 11; III, 29, 27; Plin. H. n. VI, 20, 23 u. s.: triumphare An. XII, 19; G. 37, wie auch Virg. G. III, 33; Aen. VI, 837; Hor. Carm. III, 3, 43 u. s.; erst ganz spät findet sich triumpho aliquem; cf. Dräg. Synt. § 26; vigilare An. XIII, 20, wie Virg. G. I, 313; Ov. Trist. II, 11 u. s.; cf. Neue II, 188; zu letzteren, die weniger auffallend sind, da sich bei ihnen, wenn auch seltener, das Aktiv mit dem Acc. findet, gehören: navigare, ministrare, dubitare, properare, festinare, delinquere, iubere, poenitere; cf. Neue II, 189 und Bött. Lex. Tac. s. v. Acc. Der absolute Gebrauch mehrerer Verba, wie vertere, mutare, obstringere, trahere etc., wozu aber nicht augere An. IV, 41 (cf. Ritt. ed. Cant. u. Otto) zu rechnen ist, gehört in die Syntax. Von einzelnen Depon. finden sich, abgesehen vom Part. perf. pass., worüber weiter unten, aktive Formen und umgekehrt zu aktiven Verben depon. Formen ohne Unterschied in der Bedeutung.[1]) Von dem gewöhnlichen adsentior (Varro L. L. VIII bei Gell. II, 25, 9: Sentior nemo dicit et id per se nihil est, adsentior tamen fere omnes dicunt) steht adsensit An. III, 23, 51; adsensere H. V, 3; cf. Reis. § 151 und A. 289, Neue II, 200. Von partior steht An. XII, 30 partivere; cf. Cic. Leg. III, 3, 7; Sal. Jug. 43 u. s. Von dem bei Tac. sehr häufigen mereri nebst seinen Composit. (z. B. An. XV, 21 demeremur u. a.) steht vom Aktiv. nicht nur immer das Perf. merui nebst den abgeleiteten Formen, sondern in Beziehung auf den Militärdienst sind auch sonst nur aktiv. Formen gebräuchlich, natürlich abgesehen vom Part. perf., z. B. An. I, 17 ut singulos denarios mererent, IV, 73 quod peditum merebat; cf. Reis. § 151 u. A. 288. Zu revertor gehört, wie auch bei den andern Schriftstellern, das Perf. reverti nebst allen abgeleiteten Formen, z. B. revertēre An. II, 24; XV, 7; H. II, 15; revertit H. III, 56; revertisset An. III, 15; ferner reversus An. I, 68 u. o. Zu devertor H. III, 11, wo es „sich aufhalten" bedeutet, gehört der

---

[1]) Nicht hierhin gehört An. VI, 54 (48) qui — rem publicam conflictavisset neben dem bei Tac. sehr häufigen conflictari; cf. Bött. Lex. Tac. s. v., da conflictari wirkliches Passiv zu conflictare ist; dieses heisst: „in's Gedränge bringen", jenes: „in's Gedränge gebracht werden".

Inf. devertere H. II, 64, devertit H. II, 100 in der Bedeutung „einkehren“. Zu dem eigentlichen Passiv expergiscor findet sich An. XIV, 7 an corrupter Stelle expergescens, wo ich emendire: nisi quid Burrus et Seneca! Quos statim expergiscens acciverat, incertum an Aniceti ante ignaros; cf. meine Animadversiones l. c.; das Aktiv expergisco findet sich noch Pompon. bei Non. p. 473. Für das gewöhnliche comperio steht An. IV, 20 comperior, was auch Prisc. VIII, 5, 26 (797 P., 378 Kr.) aus Sal. (Jug. 108) anführt; es findet sich ausserdem noch bei Sal. Jug. 45; Ter. Andr. V, 3, 31; Gell. III, 3, 1; Appul. Met. II, 21; XI, 27 u. s.; die von Diom. p. 377 K. (373 P.) gemachte Unterscheidung: comperior ex mea opinione colligo — comperior est ab aliquo cognosco gilt wenigstens nicht für die Tac. Stelle und ist auch sonst grundlos.

Von mutuari findet sich nur D. 31 im cod. B mutuabimus; es ist also mit cod. A mutuabimur zu schreiben, wie auch D. 9, 24, 32 das Depon. steht. Agr. 32 fand sich in den ersten Edit. recordabunt, was bereits Rhenan., da es ohne alle hdschr. Gewähr ist, in das von den Cod. überlieferte recordabuntur änderte. Apisceretur An. XV, 12 will Döderl. im Commentar und in der Praef. zu vol. II, p. 27 pass. nehmen; allein wenn man nicht die wahrscheinlich richtige Emend. von Lipsius aspiceretur aufnehmen will, lässt sich das hdschr. apisceretur als Depon. halten; cf. Dräg. l. c. Ganz ohne Beispiel würde An. XI, 26 ut senecta principis opperiretur sein; das Einfachste scheint mir, wie auch Halm und Dräg. haben, senectam zu schreiben, = ut senectam principis opperiri sibi liceret; cf. An. III, 59; XI, 12; Agr. 18 opperiri; H. II, 34 opperiebantur u. s. Das An. I, 9 stehende ulciscerentur pass. zu nehmen, wofür sich Enn. bei Non. p. 292 ulciscerem und Sal. Jug. 31 ulcisci nequitur anführen lassen, oder es in ulcisceretur zu ändern, ist gar kein Grund, wenn man nur das vorhergehende corrupte tunc nicht mit Mur. und den meisten Edit. in dum, sondern mit Haase in cum oder noch besser mit Ritt. in tum cum verwandelt. Ebenso wenig begründet ist es, wenn Döderl. H. III, 80 palantur pass. nehmen will; wenn man nicht die ansprechende Emend. Kiessling's pulsantur aufnehmen will, kann es als Depon. beibehalten werden in dem sich von selbst ergebenden Sinne: „sie schweifen umher, weil sie auseinander getrieben werden“; cf. H. IV, 18 Ubiorum Trevirorumque auxilia foeda fuga dispersa totis campis palantur. H. II, 31 ist experiri nicht Passiv., sondern Depon., indem der bei Tac. beliebte Wechsel der Construktion eintritt. Die offenbar gänzlich ver-

dorbene Stelle D. 25 si comminus fatetur, die Döderl. für den pass.
Gebrauch von fateor anführt, kann natürlich nichts beweisen; am
einfachsten ist die auch von Ritt. aufgenommene Verbesserung Halms
quominus fatear. (H. I, 44 ist vagare offenbarer Schreibfehler für
vacare.)

Von einigen Depon. findet sich das Perf. überhaupt und von
vielen das Part. perf. passivisch gebraucht. Zu erstern gehören: An.
III, 46 nec cunctatum (est); cf. Enn. u. Acc. bei Non. p. 469; Plaut.
Cas. IV, 2, 13; H. IV, 6 testatum (est); cf. Prisc. VIII, 5, 25 (797
P., 377 Kr.); Gell. XV, 13, 10 u. 11; Neue II, 244. An. XI, 4
interpretatum (esse), wo ich übrigens interpretatam emendire; cf.
meine Krit. Bemerkungen l. c. u. Neue II, 217. Häufiger findet
letzteres statt: adeptus An. I, 7, cf. Otto l. c. u. Neue II, 198; co-
mitatus An. XIV, 8; Agr. 40. dimensus An. I, 61 (Otto); XV, 43.
expertus An. III, 17, 74; XII, 2; XIII, 37; H. III, 44; IV, 42; Agr.
41. fabricatus An. III, 43; H. III, 47; (zwar wird dieses Wort
häufig akt. gebraucht, cf. Neue II, 210, bei Tac. aber ist es immer
depon., z. B. An. IV, 51; XIV, 29; XV, 37.). meditatus An. III,
5, 12; IV, 57, 70; VI, 9 (3), 30 (24); XIII, 3; XIV, 1, 55; XV,
62; H. IV, 68; D. 6. pactus Vn. I, 55 u. s. o. Hierhin lässt sich
auch der pass. Gebrauch von ausus An. III, 67 ziehen; cf. Neue II,
253. Ueber alle diese Wörter cf. Madv. § 153, Zumpt § 632, Neue
II, 196—249 und die Edit. bei den einzelnen Wörtern.

Ausser den Semidepon., die im Part. perf. häufig präs. Bedeutung haben, z. B. diffisus An. II, 1, fisus An. IV, 25; XI, 8 etc.,
wozu auch das häufige perosus An. IV, 67; XIV, 26; XVI, 14; H.
II, 16 zu rechnen ist, haben mehrere intrans. Verba ein Part. perf.
pass. mit akt. Bedeutung; diese sind ausser den gewöhnlichen potus,
iuratus etc. coalitus An. XIII, 26; XIV, 1; H. IV, 55. nupta An.
IV, 40; VI, 32 (26), 46 (40) u. o. concretus An. XIII, 57; H. V,
6; G. 23. placitus An. I, 36, 80; II, 66 u. o. suetus An. I, 64;
II, 2, 52 u. o. adultus An. II, 3; XV, 73; H. I, 31 u. o. fluxus
H. II, 75; IV, 23 u. o. quietus An. I, 49. inveteratus An. V, 3;
VI, 11 (5). emersus An. I, 65. cf. Madv. § 110, A. 3; Zumpt § 148;
Neue II, 252—261.

§ 53. **Personalendungen.** Die von Haase in der Zeitschrift
ür Alterthumswissenschaft 1836, No. 84 zuerst gemachte und in
Reis. A. 269 wiederholte Bemerkung, dass Tac. die Perfektform auf
„-erunt nur für das präs. Perfekt., nicht für den Aorist, -ere dagegen
überhaupt weit häufiger und für beides gebrauche, wesshalb sich

denn jenes natürlich fast immer ausser der Erzählung finde, besonders in den Reden und in den Reflexionen des Historikers", ist in
dieser Allgemeinheit zu weit ausgedehnt. Allerdings ist an den
vielen hundert Stellen von -ere dieses meistens histor. Perfekt, oft
auch logisches oder präsentisches, -erunt meistens log. oder präs.,
aber auch oft hist. Perfekt, und Haase geht daher entschieden zu
weit, wenn er -erunt gar nicht für das hist. Perfekt gelten lassen
will; er muss daher manche Stelle gar künstlich als log. Perf. erklären, wo man das histor. erwartet, z. B. An. III, 26; VI, 34 (28);
XI, 14; XII, 60 etc., andere Stellen in -erant ändern, z. B. An. I,
35, 66; XIV, 9; H. I, 51; II, 41 u. a.; andere endlich, die doch
auch nur als histor. Perfekta erklärt werden können, lässt er unerklärt, z. B. An. I, 34, 57; III, 42 u. a. cf. Weissenb. in Jahn's
Jahrb. v. 52, p. 32. Man wird daher wohl thun, wenn man, wie
auch die neuern Edit. es gethan haben, den Med. folgt und festhält,
dass -erunt meistens präs. Perfekt ist. Im Dial. gebraucht Tac.
immer die Form auf -erunt.

Die abgekürzte Form -re für -ris im Passiv findet sich nur in
allgemeinen Sentenzen, nicht in direkten Anreden; die Stellen sind:
An. I, 28 mereare; III, 54 vetere; IV, 34 irascare; VI, 14 (8) adsequare; G. 24 mirere. Daneben findet sich zweimal die vollere Form
in Sentenzen: H. I, 1 averseris (Med. adverseris) und G. 37 metiaris.
In der Anrede findet sich nur die vollere Form; An. I, 13 patieris;
IV, 40 falleris; H. II, 77 experiris; D. 15 verebaris; 27 loquaris;
33 videris und videaris; cf. Reis. A. 280 [b.]

§ 54. Bei den Perfektendungen auf avi, evi und ovi nebst den
davon abgeleiteten Formen liebt Tac. die längeren Formen, namentlich in den Reden. Vom Perfekt auf evi kommen nur folgende
verkürzte Formen vor: An. I, 25 requiesset; H. II, 78 implesse; III,
22 complesse; IV, 40 explesse; An. IV, 57 insuerat; G. 4 assuerunt;
sonst hat Tac. immer die vollere Form: An. XV, 52 expleverit; H.
IV, 14 expleverim; An. XV, 15 expleverat; XIV, 27 expleverant;
An. I, 6; III, 33; IV, 39 explevisset; VI, 56 (50) explevisse; XV,
9, 69; H. IV, 39; Agr. 44 impleverat; An. I, 22 implevero; IV, 58
compleverit; VI, 30 (24) complevisset; H. III, 50 supplevere; III,
69 complevere; An. III, 49 defleverat; VI, 16 (10) flevisset; H. II,
73 adoleverit; G. 31 adoleverint; An. II, 32, 43 adolevisse; An. IV,
64; VI, 31 (25) exoleverat; H. II, 5 aboleverat; An. IV, 39 insuevisse;
VI, 38 (32); XI, 3, 29 insueverat; An. II, 45 insueverant; XIV, 4
sueverat; H. IV, 34 adsueverant etc. Vom Perf. auf ovi kommt

contrahirt nur nosse G. 30 vor, sonst immer die vollere Form; **An.**
XII, 15; XIV, 26; D. 30 cognoverat; D. 19 cognoverant; H. I, 51;
III, 86 noverant; An. XIV, 36 agnovisset etc. Als feststehende
Regeln für die Perfekte auf avi, evi und ovi nebst den abgeleiteten
Formen sind folgende anzunehmen: 1) Formen, die verkürzt ver-
wechselt werden könnten, kommen verkürzt nicht vor; daher **An.**
IV, 11 refutaveris; An. XII, 37 servaveris; Agr. 3 revocaveris; G.
18 laudaveris; D. 27 degeneravimus; H. III, 50 supplevere u. a.
2) Der Conjunct. Perf. und das Fut. II werden nie verkürzt; also
An. I, 17 superaverit, 18 agitaverint, 19 expostulaverint; II, 71
mandaverit; III, 12 tractaverit, vulgaverint, 16 adseveraverim, 29
dubitaverim; IV, 40 volutaverim; XV, 49 memoraverim; G. 4 affirma-
verim, 29 numeraverim; An. VI, 1 (V, 6); H. III, 28 discreverim;
D. 16 impetravero; An. I, 22 implevero. 3) Die 3 Person Plur.
perf. indic. bleibt in der Mitte stets unverkürzt, z. B. An. III, 16
duraverunt; XI, 24 regnaverunt; H. I, 72 flagitaverunt; II, 9 firma-
verunt etc.; das einzige verkürzte Wort ist G. 4 assuerunt von dem
so sehr häufig verkürzt vorkommenden assuesco; cf. Neue II, 413.
4) Der Indic. Plusqu. ist bei den fast unzähligen Stellen nur dreimal verkürzt, nämlich: An. IV, 26 deportarat; Agr. 9 destinarat;
An. IV, 57 insuerat; letzteres Wort ist bei dem eben erwähnten so
häufigen Gebrauche der verkürzten Formen von suesco und seinen
Compos. nicht auffallend; cf. Neue l. c. destinarat Agr. 9 ist aus
manchen andern Gründen bedenklich, wesshalb Ritt. die Worte
cui destinarat als Glosse betrachtet; cf. Rh. Mus. v. 20, p. 520; es
bleibt somit als auffallend nur An. IV, 26 deportarat übrig, (Otto
hat, offenbar durch einen Druckfehler, deportare), wo ich kein Bedenken trage, deportaverat (deportāvat) zu schreiben.[1] Es ist daher
auch die dreimalige Einführung dieser contrahirten Form durch
Ritt., An. XII, 13 propinquarant; H. II, 71 celebrarat; H. IV, 12
ministrarant durchaus zu verwerfen und an den beiden ersten Stellen
das überlieferte Imperfekt propinquabant und celebrabat beizubehalten, an der letzten Stelle aber, wenn das überlieferte ministrant Anstoss erregt, mit Wurm ministrabant zu schreiben; ebenso wenig
kann An. VI, 13 (7) die von Heins. versuchte Aenderung properarat
richtig sein, zumal da das überlieferte properat einen guten Sinn

---

[1] Man könnte übrigens auch deportabat emendiren, da bei dem an dieser
Stelle vorhandenen Zeugma das Imperf. deportabat ganz passend zu dem unmittelbar vorausgehenden famam ist.

ergiebt. 5) In der zweiten Pers. Sing. und Plur. perf. indic. steht nur die verkürzte Form; An. XIV, 53 cumulasti; Agr. 34 debellastis; D. 33 demonstrasti. 6) Im Conjunct. plusqu. und Infin. perf. der ersten Conjug. gebraucht Tac. ohne Unterschied bald die vollen, bald die contrahirten Formen; An. I, 6 imperasset, imperasse etc., und I, 6 festinavisse; III, 36 damnavisset etc.

Was die Perfekte auf ivi und die davon abgeleiteten Formen betrifft, so findet sich die im Allgemeinen seltenere (cf. Reis. A. 272 und Neue II, 404) Ausstossung des v in der dritten Pers. Sing. perf., ausser bei eo, worüber weiter unten, doch verhältnissmässig häufig bei Tac., während die vollere Form die gewöhnliche ist; cf. H. II, 16 u. IV, 50 puniit; H. III, 9 permuniit; Agr. 42 audiit; An. XII, 30 capessiit; An. II, 68 petiit; An. VI, 7 (1) repetiit[1]); dagegen An. III, 24; IV, 42 punivit; IV, 24 permunivit; XI, 19 immunivit; IV, 42, 55 audivit; XI, 26; XVI, 21; H. II, 70 concupivit; An. XI, 38 quaesivit; IV, 35; VI, 3 (V, 8); XIV, 37; XV, 43 finivit; II, 39 impedivit; I, 28 lenivit; XI, 34 nequivit; I, 14, 53; II, 30; III, 48, 57, 72; IV, 8; VI, 21 (15); XI, 16; XII, 12; XIII, 10, 35; XV, 12 petivit; VI, 40 (34) repetivit, wie überhaupt Tac. von petere und repetere die vollen Formen liebt. Wenn sich also auch in der 3. Pers. Sing. perf. die vollere Form öfter, als die abgekürzte findet, so kann ich doch Ritt. nicht Recht geben, der für petiit, repetiit, puniit und permuniit[2]) die vollere Form in den Text aufgenommen hat, bei audiit und capessiit wenigstens vorschlägt, zumal da sich grade im ersten Med. petiit und repetiit finden. Ich trage daher auch kein Bedenken, H. I, 38 accersiit für das überlieferte accersit zu schreiben, wo Ritt. accersivit, Halm arcessivit emendiren; cf. Senec. Contr. IX, 27 Ueberschr. u. Contr. Exc. IX, 4 Ueberschr.; ferner Prisc. IX, 4, 21 (855 P., 446 Kr.) „arcessivi, arcessii, -munivi, munii, audivi, audii.“

Vor er, st und ss behält Tac. bald den Conson. v, bald stösst er ihn aus und contrahirt ii dann in i; cf. An. III, 49; XII, 6; XIV, 48 audivisse; An. XI, 27; H. IV, 73; D. 18 audisse; An. IV, 54 audiverat; XII, 1 u. XV, 55 audierat; IV, 39 audiverit; H. IV, 77 audierit; An. VI, 10 (4) audivissent; XIV, 20 audissent; D. 3

---

audisti. An. I, 15; VI, 22 (16); XIV, 3?; H. I, 81; III, 61; IV, 19 petivere; Agr. 37 petiere; An. XV, 37; XVI, 19 petiverat; XV, 31; H. II, 49 petierat; An. III, 37; IV, 31', 40; VI, 49 (43); XII, 36 petivisset -ent; An. XIII, 36; H. III, 70 petisset -ent; An. II, 45; IV, 8; XIV, 2; XV, 64; VI, 35 (29); II, 78 petivisse u. repetivisse; An. VI, 14 (8); H. I, 50 expetisse und competisse etc. etc.; also ist auch Agr. 2 petissem zu schreiben, wo γ petijsem, δ petiisem hat, da Tac. ausser in der 3. Pers. Sing., wo Verwechselung mit dem Präsens möglich wäre, ii stets in i contrahirt. Durch einen Vergleich aller bei Tac. vorkommenden Stellen finde ich, dass auch hier die vollere Form die häufigere ist, (mindestens 80 Stellen gegen etwa 50 für die abgekürzte Form); beim Schwanken der Hdschr. für die kleinern Schriften wird man also, besonders wenn die Auktorität der Handschrift hinzutritt, der vollen Form den Vorzug geben müssen, wie D. 33, wo A audiverint, B. u. C audierint haben. Da ferner Tac. nur ii contrahirt, darf auch D. 33 das überlieferte scirent, wenn es überhaupt Anstoss erregt, nicht mit Heinr. zu Iuv. XV, 166, Halm u. A. in scirint verändert werden, sondern es muss mit Schurzfl., Walth. und Or. scierint geschrieben werden. Von ire und seinen Compos. ist an etwa 50 Stellen die 3. Pers. Sing. perf. bei Ausstossung von v uncontrahirt; cf. iit An. IV, 6, 73; adiit II, 48, 53; VI, 21 (15); XIV, 13; XV, 36; H. II, 52, 60; V, 18; G. 34; introiit An. III, 19; VI, 57 (51); XV, 64; iniit I, 34, 74; II, 53; XVI, 19; H. III, 37, 41; obiit An. I, 53; IV, 44, 71; V, 1; VI, 16 (10), 33 (27); XII, 14; XV, 59, XVI, 6; transiit An. XIV, 32; H. V, 10; Agr. 6 δ. etc. etc. Gegenüber dieser grossen Zahl von Stellen können die wenigen, in denen das Perfekt auf -it lautet, kaum in Betracht kommen und müssen in -iit geändert werden, zumal da das Corruptel so sehr leicht entstehen konnte; cf. Otto An. I, 25; die Stellen sind: An. XV, 5 u. H. IV, 13 adit; An. XIII, 34 init; XIV, 47 obit; XIV. 21 (und Agr. 6 γ) transit; Agr. 26 redit; dagegen sind An. I, 25 introit (cf. Pfitzner, Die Annal. d. Tac. p. 134), VI, 35 (29) anteit und H. IV, 39 redit als Präs. beizubehalten; cf. Zumpt § 160 A., Madv. § 113, A. 2; Neue II, 408. Im Conjunct. plusqu. und Inf. perf. ist stets mit Ausstossung von v ii in i zusammengezogen, z. B. perisse An. II, 77; XI, 38; obisse An. II, 83; III, 6; XV, 70; interissent An. II, 85; praeterissent An. III, 18; IV, 64 isset etc., im Conjunct. perf. und in der 3. Pers. Plur. ind. perf. und im Indic. plusqu. wird nur v ausgestossen; z. B. subierit An. IV, 8; adierit An. IV, 36; iere An. XV, 49; XV, 1'; periere

XV, 70; subierunt H. III, 69; inierat An. IV, 10; ierant XII, 28
etc. Demnach sind auch H. I, 70 transire und H. II, 22 redire
mit den Edit. in die Form auf iere zu ändern. Durchaus unverständlich ist, warum Haase An. IV, 1 das verdorbene perit in iverit
verändert hat, während doch schon Pichena das näher liegende und
einzig richtige ierit hergestellt hat. Dass ferner Agr. 33 das vom
cod. γ überlieferte transisse und nicht das vom cod. δ gegebene
transiisse richtig sei, ist klar. Nur an einer Stelle ist v im Indic.
perf. beibehalten, An. XI, 24 transivisse in der Rede des Kaisers
Claudius; es scheint dies mit einer gewissen Absichtlichkeit geschehen zu sein, und es ist daher auch kein Grund vorhanden, es
in transisse zu ändern, ja in derselben Rede scheint mir der Med.
corr. m. das Richtige zu geben, subivimus für das vom Med. pr. m.
überlieferte subim; i. e. subimus als Perfekt; es findet sich allerdings bei Tac. für ivimus so wenig ein Beispiel, als für imus als
Perfekt; aber ebenso wie Tac. in der 3. Pers. Sing. indic. perf. die
Contraktion vermied, um nicht undeutlich zu werden, hat er sie
sicher auch in der 1. Plur. indic. perf. vermieden; subivimus zu
schreiben und nicht subiimus, wie Ov., Halm und Dräg. geben,
veranlasst mich die Absichtlichkeit, die in derselben Rede das sonst
bei Tac. nicht vorkommende transivisse hervorrief.

Eine andere Contraktion findet statt in derunt An. IV, 35, wofür ausser Nipp. und Ritt. die Edit. deerunt schreiben, aber mit Unrecht; cf. Vel. Long. p. 2227 P.: in hac autem DE praepositione,
quam dixi plenam praeponi, animadvertendum illud, quod imminuitur,
si quando sequens vox a littera E incipit, ut est derrare, desse, qua
enuntiatione sufficit ipsa productio; Otto An. l. c. Heräus Stud. crit.
p. 33 A. 23. Dieselbe Form stelle ich auch An. XIII, 21 her, wo
der Med. desunt hat und das Futur durchaus nothwendig ist, wie
auch Heinsius schon deerunt vorgeschlagen hat.

Das contrahirte Imperfekt auf ibam für iebam hat Tac. bei zwei
Wörtern: H. V, 19 concibant, cf. Lucr. V, 996 accibant; Liv. XXXII,
13 excibat; id. bei Prisc. IX, 8, 40 (865 P., 458 Kr.) u. p. XIII,
fr. 49 Weissenb. concibat; ferner: An. II, 19 ambibat und H. V, 12
ambibatur, nicht ambiebatur, wie Rudd. I, 281 und Neue II, 347
angeben, während ambire sonst regelmässig nach der 4. Conjug. geht;
cf. G. 18 ambiuntur, 34 ambiunt; übrigens ist bei ambire die Contraktion im Imperfekt nicht selten, cf. Struve Dekl. etc. 137, Zumpt
§ 215 A. Neue II, 347.

54

§ 55. Von archaistischen Formen findet sich: ausim An. I,
81; H. II, 50; III, 22; Agr. 43; D. 8. duint An. IV, 38; cf. Otto
An. I, 81 u. IV, 38; Struve Dekl. etc. p. 175 u. 229. Zumpt
§ 161 u. 162; Madv. § 115, d. u. f. Billroth § 110, 9, 1 u. 5, Neue
II, 338 u. 424.

Das Part. fut. pass. auf undus findet sich ausser in repetundae
nur noch An. II, 36 potiundis· und XIV, 39 gerundis; cf. Madv.
§ 114 fin. Billr. § 110, 9, 7; Zumpt § 167; Neue II, 349; Otto
An. I, 11, wo An. II, 36 hinzuzufügen ist.

Hierhin gehören endlich die Formen auf bundus, An. I, 7
cunctabundus; 17 contionabundus; II, 10 minitabundus; III, 39 u.
XI, 18 praedabundus; VI, 46 (40) moribundus; XV, 53 deprecabundus; H. III, 37 vitabundus; IV, 50 speculabundus; cf. Otto An. I,
7; Rudd. I, 309 A. 42 u. 43. Reis. § 110; Zumpt § 248; Madv.
§ 115 g.; Billr. § 152. Bött. Lex. Tac. s. v. deprecabundus.

§ 56. **Unregelmässige Verba**[1]) **der ersten Conjugation.**
Bei den unregelmässigen Verben der ersten Conjug. findet sich nichts
besonders Abweichendes. Im Einzelnen ist zu bemerken, dass das
seltnere iutus sich zweimal bei Tac. findet, **An. XIV, 4** sollertia
temporum etiam iuta und An. III, 35 consensu adulantium haut
iutus est, wo der Med. iustus hat; die versuchte Aenderung consensu
adulantium adiutus est beruht auf einer falschen Auffassung des
Gedankens; cf. Bait., Nipp., Otto, Dräg. l. c. und Pfitzner p. 184.
Ueber die Form iutus cf. Prisc. IX, 7, 38 (863 P., 456 Kr.) U vero
longam ante·tum unum habet „iutum“ et ab eo compositum „adiu-
tum“ und die Nachweisse bei Otto An. III, 35. Von lavare steht
das Part. lotus (ex coni. c.) An. XIV, 22, lautus als Medium G. 22.
Von implicare kommt zweimal das Part. perf. pass. vor, jedesmal
implicatus, An. IV, 53 (morbo) und G. 45 (humore).

§ 57. **Unregelmässige Verba der zweiten Conjugation.**
Das einfache Verbum ciere findet sich nur in Formen der 2. Conjug., z. B. An. I, 21 ciere. XI, 30 cieri. XV, 2 ciet. XIV, 64; XV,
59; H. III, 1 cieret. An. XIV, 61 cierentur. Die Compos. gehen
stets nach der vierten Conjug., z. B. An. I, 5; XV, 10 accitur.
XIV, 61 acciret. IV, 5 accirentur. III, 40; XII, 15 concire. VI, 50
(44); XI, 19 conciret. III, 38; H. IV, 24 concirent. H. V, 19 concibant (die Contraktion aus conciebant ist nur bei der 4. Conjug.
möglich). An. II, 3 excitur. IV, 21 excire. Die Bedeutung von ciere

---

[1]) Ueber den Ausdruck „Unregelmässige Verba“ cf. Billroth § 117 A.

und seiner Compos. ist bald die des Rufens, Nennens, bald die des
Aufrufens, Erregens, Herbei- und Herausrufens. cf. Bött. Lex. Tac˙
s. v. cire. Otto An. I, 21. Döderl. Syn. V, p. 104. Neue II, 330.

An. II, 14 gebraucht Tac. densere für das sonst gebräuchliche
densare; cf. Prisc. IX, 8, 43 (866 P., 460 Kr.) denseo denses et
denso densas; Char. p. 262 K. (233 P., 155 L.) „denseo, densi“;
Serv. Virg. Aen. VII, 794. Wagner Virg. Georg. I, 248. Ritt. (ed·
Cant.) und Otto An. l. c. Neue II, 331.

Misceo hat in den beiden Med. z. B. An. III, 38, XI, 24 u. s.
im Sup. mixtum; daher haben auch mit Recht die neuern Edit.
(ausser Kritz) in den kleinern Schriften überall die Form auf x aufgenommen, obgleich die Cod. öfter, z. B. G. 2 (cf. Kritz), Agr. 28
u. s. die Form auf s, mistum, haben; indessen hat doch auch im
Agr. grade der bessere Cod. γ mehrere Male mixtum, z. B. 25, 38,
40. cf. Neue II, 435. Ueber sedeo und seine Compos. cf. § 58.
s. v. sido.

§ 58. **Unregelmässige Verba der dritten Conjugation.**
Accerso (arcesso), capesso, facesso und incesso. Was die Perfekte dieser
Verba betrifft, so wird man bei der gewöhnlichen Conjug. auf ivi
bei Tac. bleiben müssen. Capesso hat An. XV, 49 capessivere; XII,
30 capesciit, offenbar für capessiit (cf. § 54); demnach ist auch XIII,
25 capessisset nicht von einem Perf. capessi abzuleiten, sondern es
ist contrahirte Form für capessivisset (cf. § 54). Dasselbe gilt für
H. IV, 43 facesisset = facessisset, also verkürzt aus facessivisset;
denn das für facessi angeführte Beispiel aus Cic. in Q. Caec. divin.
XIV, 45 facesseris ist mindestens sehr unsicher, da sowohl in Cod.
facessieris steht, als auch Prisc. X, 8, 46 (902 P., 505 Kr.) in Bezug
auf diese Stelle sagt: „invenitur tamen in quibusdam codicibus facessieris.“ cf. Reis. § 143, 2 b u. A. 272. Neue II, 377. Incesserant
von incesso (zu unterscheiden sind die häufigen Fälle, wo es von
incedo abzuleiten ist, z. B. An. I, 51; VI, 27 (21) etc. cf. Bött.
Lex. Tac. s. v.) findet sich zwar an 2 Stellen, ist aber an beiden
Stellen sicher falsch; an erster Stelle H. II, 23 muss jedenfalls in-
cessebant stehen, an zweiter H. III, 77 incesserent, allenfalls auch
ncesse bant (Ritt. ed. Cant.). Accersit H. I, 38 mit den frühern
Edit. und Neue II, 378 als Präs. zu nehmen, ist sehr bedenklich,
wesshalb Ritt. accersivit, Halm und Her. arcessivit schrieben; ich
schlage das näher liegende accersiit vor; cf. § 54. Das H. I, 14
überlieferte accersiri wird von den meisten Edit. in accersi resp.
arcessi geändert; indessen finden sich für den Infin. und die abge-

leiteten Formen so viele Beispiele nach der 4. Conjug., dass an der
Richtigkeit von accersiri nicht leicht zu zweifeln ist; cf. Liv. III,
45. Sal. Iug. 62. Oudend. zu Caes. B. G. I, 31. Corte, Kritz u.
Dietsch zu Sal. Iug. 62. Neue II, 319. Klotz Lex. s. v.

Crebresco und seine Compos. Es findet sich bei Tac. nur cre-
brescere; cf. An. II, 39; III, 60; H. II, 67; III, 34; IV, 12; percre-
brui An. VI, 26 (20); H. II, 26; increbruere H. III, 43; demnach
möchte wohl auch mit Halm, Dräg.¹), Otto u. A. An. II, 82 percre-
bruit, XII, 6 percrebruisse und XV, 19 percrebruerat zu schreiben
sein für percrebuit, percrebuisse, percrebuerat; cf. Seyf. Lat. Sprachl.
§ 1692 n. 18. Obbar. im Arch. für Phil. u. Päd. B. 16, H. 4, p.
537. Otto An. II, 82. Reis. A. 300 und die daselbst angeführte
Litteratur.

Von effervesco steht An. I, 74 efferůerat, wofür man früher ef-
ferbuerat schrieb, jetzt efferverat edirt. Da die Interlinearcorrekturen
im Med. I. meistens oder alle neuern Ursprungs sind, (cf. Pfitzner
p. 40), so ist efferverat die richtige Form; der Correktor wollte
wohl ein v über u schreiben; denn die Correktur, wie sie vorliegt,
ist sinnlos. Auch sonst ist die Form auf vi die gewöhnliche, cf.
Struve p. 240, Neue II, 375, Otto An. l. c., was auch aus Prisc.
IX, 8, 43 (866 P., 460 Kr.) dicitur tamen etiam per b ferbeo, ex quo
ferbui hervorzugehen scheint.

Wenn man Agr. 9 „haud semper errat fama, aliquando et elegit", elegit mit Peerlkamp als altes Präsens nimmt, — denn sowohl
als aoristisches wie als logisches Perfekt bleibt es bei dem unmittelbar vorausgehenden errat nicht ganz ohne Anstoss, — so kann
man diese Form weiter belegen durch H. I, 16, wo der Med. hat:
loco libertatis erit, quod elegi cepimus = coepimus.

In der Bedeutung „zerstören, vernichten" gebraucht Tac. im
Präsens excindere; cf. An. II, 25 excindere hostem; II, 64 excindere
castella; III, 20 vicos excincedere; XIII, 39 excindere castella; XIV,
31 excindere coloniam; XVI, 21 excindere virtutem; H. III, 72 sedem
excindi; IV, 58 excindi urbes; IV, 78 excindere castra. Ich schreibe
daher auch unbedenklich An. XI, 9 mit Halm und A. excindenda
castellorum ardua statt excidenda und H. V, 16 mit cod. G hostem
excindere statt excidere; dagegen giebt Agr. 19 causas bellorum excidere einen guten Sinn, so dass Ritt.s excindere nicht nöthig ist.
Heräus zu H. II, 38 will nun, theilweise nach Halms Vorgange zu

---

¹) Nur dass Dräg. An. II, 82, wohl durch einen Druckfehler, percrebuit hat.

An. XII, 39, überall vom Präsens excindere im Part. perf. pass. excissus schreiben, was kaum bedenklich wäre, wenn sich wenigstens ein oder das andere Mal bei Tac. vom Stamme scind im Part. perf. pass. ein doppeltes s fände; aber überall steht nur ein s; cf. An. III, 28 excisi status; XII, 39 Sugambri excisi; XIV, 23 quibus (Tigranocertis) excisis; H. II, 38 regibus excisis; III, 31 Cremona excisa; G. 33 Bructeris excisis. Ebenso findet sich von dem öftern abscindere An. XIV, 69; XVI, 11; H. V, 6, nur abscisus H. II, 88; III, 74, 78; G. 19; von interscindere (venas) An. XV, 35 ferner intercisis (venis) An. XVI, 14. Ich stimme daher wenigstens für Tac. unbedingt Zumpt § 189 und Madv. § 133 s. v. scindo bei, die abscissus und exscissus ganz verwerfen und nur abscisus und excisus anerkennen. Die reichhaltige Litt. über diesen Gegenstand, zu dem noch eine genaue Vergleichung der Cod. nöthig ist, s. Reis. A. 297.

Da An. XVI, 14 intercisis venis steht, wollte Zumpt zu Curt. p. 138 (coll. h. l. und Plin. H. n. XI, 37 § 174) auch An. XV, 35 für venas interscidit schreiben intercidit, und ferner Ritt. XVI, 19 intercisas venas für incisas venas (auch H. V, 22 intercisis funibus für incisis). Was Zumpts Conjekt. betrifft, so spricht dagegen, dass sowohl interscindere einen richtigen Sinn giebt, als auch An. XV, 69 abscinduntur venae und XVI, 11 abscindunt venas steht; doch durfte auch nicht umgekehrt Bezzenb. XVI, 14 interscissis schreiben coll. XV, 35 interscidit, da Tac. einerseits vom Stamme scind immer im Part. perf. pass. ein s hat und andererseits intercisis ebensogut von intercidere abgeleitet werden kann, wie XVI, 19 incidere venas; denn Ritt.s Conjekt. intercisus ist durchaus unnöthig, da incidere venas den ganz richtigen Sinn giebt: „einen Einschnitt in die Adern machen, so dass sie geöffnet sind“; cf. Suet. Calig. 38 ut venas sibi inciderent; Nero 37 venas incidere u. s. (Auch H. V, 11 ist Ritt.s intercisis nicht nöthig.)

An. IV, 32 hat der Med. cōpossivere, wesshalb Nipp. in den frühern Ausgaben, Otto und Ritt. conposivere schrieben, gestützt auf die zahlreichen Stellen bei Gram. und Schriftstellern, die posivi bieten; cf. Otto An. l. c. Struve 198; Neue II, 386; indessen geben die Gram. (cf. Char. III, 244 K. (217 P., 146 L.), Prisc. IX, 4, 24 (856 P., 447 Kr.) u. s.) ausdrücklich an, dass es sich nur bei alten Schriftstellern finde, und in der That findet es sich nur bei weit ältern Schriftstellern als Tac. und dem archaistische Formen liebenden Appul. Bei den mehr als 30 tacit. Stellen für posui ist die

58

zudem erst durch Aenderung der Ueberlieferung (cōpossivere)
hergestellte Form conposivere mehr als zweifelhaft, wesshalb wohl
mit den meisten Edit. conposuere zu schreiben ist, welche Form
doch auch der hdschr. Ueberlieferung sehr nahe kommt. Jedenfalls
hätten die Edit., die conposivere aufnahmen, auch An. XI, 31 in-
postum mit dem Med. für inpositum aufnehmen müssen, da auch
postus sehr häufig ist und nicht ausschliesslich bei Dichtern; cf.
die zahlreichen Stellen bei Neue II, 435; aber bei dem sehr häufigen Gebrauche von positus bei Tac. ist auch an unserer Stelle die
gewöhnliche Form herzustellen, wie auch alle Edit. gethan haben.
Von dem alten Verbum sino anlegen, bauen, findet sich nur mehr
bei Tac. das Part. perf. situs angelegt, erbaut; cf. Otto An. III, 38;
Bött. Lex. Tac. s. v. situs.

An. IV, 34 steht et tulere ista et relinquere; dass n punktirt
ist, hat wenig oder nichts zu sagen, da die Correkturen des Med.
wohl meist erst spätern Ursprungs sind und dem Punktircorrektor
sicher keine andere Mittel zur Vergleichung vorlagen, als den übrigen Correktoren; aber die von Otto für das Perfekt relinquere bei-
gebrachten Belege sind doch so unsicher, dass sie für Tac. die Perfektform relinquere nicht beweissen können, zumal da auch die alten
Gram. nur liqui resp. reliqui als Perfekt kennen; cf. Prisc. X, 3, 15
(884 P., 483 Kr.) linquo quoque — liqui facit praeteritum abiecta n;
ebenda 18 (886 P., 485 Kr.) liqui, lictum et ex eo composita reliqui
relictum, deliqui delictum; ferner Prisc. Part. XII vers. Aen. § 207
(1278 P., 351 Kr.); Prob. Cath. p. 37 K. (85 P., 140 L.)¹). Von
sido steht An. II, 47 sedisse; ebenso haben die Compos. von sido
meistens sedi; cf. An. IV, 25 consedisse; XI, 19 consedit. II, 16;
XIII, 54 insedere. XII, 32 resedere u. s., indessen findet sich auch
dreimal das auch sonst zuweilen vorkommende Perf. sidi, nämlich:
An. I, 30 considerant, III, 61 insiderant und XVI, 27 insidere, an
welchen Stellen die meisten neuern Edit. die Form auf i mit Recht
beibehalten haben; cf. Weissenb. Jahns Jahrb. v. 52, p. 28. Neue
II, 389. Struve p. 299; dagegen wird die Form auf i mit Recht
verworfen An. I, 76 praesidit, VI, 53 (47) praesidisse (Med. p̄sidiis se)
und XII, 56 praesidere, da das Wort nur praesideo lautet und die
Compos. von sedeo nur sedi im Perfekt haben. In Bezug auf die
Bedeutung scheidet Tac. streng die Formen von sedeo und sido,

---

¹) Agr. 32 steht in alten Edit. relinquerunt (cf. Walther u. Dronke), aber
ohne handschriftl. Gewähr.

und daher ist auch XII, 64 insedit nicht, wie Nipp. der Construktion wegen will, von insideo, sondern von insido abzuleiten. In Verbindung mit con findet sich nur consido, mit prae nur praesideo. In Verbindung mit circum hat Tac. circumsideo An. 1, 70; IV, 24; H. III, 68, dagegen An. I, 57 circumsedeo, ohne allen Anstoss für die Edit. und mit Recht; um so auffallender ist es, dass alle Edit. An. XV, 5 circumsideri für das falsche circumsedere schreiben; es muss heissen circumsederi; ebenso darf H. IV, 54 für das falsche circumsederit nicht circumsideri geschrieben werden, sondern es muss circumsederi heissen. Supersideo An. XV, 63 wird wohl mit Recht in supersedeo verändert.

An. IV, 66 hat der Med. telerant für tulerant, woraus Döderl. auf das alte tetuli schloss und tetulerant schrieb; cf. Diom. p. 372, K. (369 P.) fero, fers, tuli et tetuli dicitur, ut Ter. (Andr. IV, 5, 13) huc tetulissem pedem. Enn. bei Char. p. 90 K. (70 P., 50 L.) quas erumnas tetulisti. Neue II, 357. Fände sich tetulerant wirklich im Med., so wäre es wohl ohne Bedenken aufzunehmen, aber eine nur vereinzelt bei den ältesten Dichtern vorkommende Form durch Conjektur in den Schriftsteller zu bringen, zumal die Emendation in das gewöhnliche tulerant so sehr einfach ist, ist doch mehr als bedenklich und gewagt. Dagegen ist überall, wie auch der Med. I meistens hat, rettuli zu schreiben, wi eauch repperi, reppuli, rettudi (An. VI, 6 (V, 11)), welche Formen mit doppeltem Conson. die beiden Med. weit öfter haben, als die mit einfachem Conson. cf. Neue II, 364.

Von Compos. von currere findet sich zweimal die reduplicirte Form unbestritten, An. II, 7 decucurrit und H. III, 12 adcucurrit. Zweimal hat im Agr. der beste Cod., γ, die Redupl., nämlich 23 percucurrerat und 37 accucurrerat, wo auch Kritz, Halm, Haase und Dräg. (und an letzter Stelle auch Döderl., Dronke, Orelli und Ritt.) sie mit Recht aufgenommen haben, während andere Edit., namentlich Wex, sie mit Unrecht verwerfen. Die von Walth. zu Agr. 37 aufgestellte und von Reis. § 141 aufgenommene Regel, wonach die Zusammensetzungen mit eigentlichen Präpos. und Partic. insepar. die Redupl. unterlassen, dagegen Compos. mit adverbialen Präpos. sie zulassen, ist wenigstens für Tac. nicht zutreffend und wird auch von Haase zu Reis. A. 267 nicht anerkannt; cf. über die Compos. Prisc. X, 8, 43 (901 P., 503 Kr.) Rudd. I, p. 208; Struve 161, A. 27 a. Reis. A. 267. Neue II, 361. Otto An. II, 7.

Occanere gebraucht Tac. An. II, 81 nach dem Vorgange von Sal. (cf. Prisc. X, 7, 38 (898 P., 500 Kr.). Diom. I, p. 374 (370 P.).

Serv. Virg. Georg. II, 384. Sal. Hist. I, 69 p. 99 Kr.), durch welche Form, wie Haase zu Reis. A. 295 a sehr richtig bemerkt, die Nebenbedeutung des bösen omen, die in occinere liegt, vermieden wurde; cf. Haase l. c. Rudd. I, 246 A. 40. Neue II, 368. (Dagegen concinuere An. I, 68.)

An. III, 24 steht tendi als Perfekt, was beizubehalten Döderl. und Otto geneigt sind; aber da sich tendit nur ganz vereinzelt in einigen Liv. Hdschriften (cf. Neue II, 360) findet und nur einmal als sicher bei Sen. Herc. fur. 538 vorkommt, (denn tendisti bei Prop. IV, 7, 37 Keil ist nach Prisc. X, 8, 47 (903 P., 505 Kr.) und Diom. I, 369 K. (366 P.) in nexisti mit den neuern Edit. zu verwandeln) und endlich die alten Gram. nur das Perf. tetendi kennen, so ist auch an unserer Stelle mit Ernesti tetendi zu schreiben für tendi, welches Corruptel ja so sehr leicht entstehen konnte; cf. Pfitzner p. 15. (H. IV, 50 hat der Med. contendit und nicht tendit, wie sich verschiedentlich angegeben findet.) Die Compos. von tendere haben bei Tac. nur tentum, z. B. An. II, 56 praetentus; XIV, 37 protentus; H. II, 34 intentus etc.; extensi steht pr. m. H. II, 34, ist aber schon vet. m. in extenti corrigirt, so dass dies mit den Edit. aufzunehmen ist. cf. Rudd. I, 235. Neue II, 446. Ebenso haben die Compos. von tundo nur tusum, z. B. contusus An. IV, 46; XII, 31; H. IV, 28. obtusus Agr. 9 etc. cf. Rudd. I, 233. Neue II, 447. Reis. § 153. — Das H. I, 10 pr. m. geschriebene atteritis für attritis durfte Bach nicht aufnehmen, da es sich nur durch das sehr seltene terui (cf. Neue II, 378) stützen liesse, während doch teritum selbst nirgends vorkommt und Tac. auch immer attritus hat; cf. An. XV, 16; H. II, 56; III, 50; D. 18.

§ 59. **Unregelmässige Verba der vierten Conjugation.** An. XV, 57 steht sepisset, was sich durch das einmal bei Liv. XLIV, 39 (cf. Drakenb.) vorkommende sepissent, welches ebenfalls sehr zweifelhaft ist, doch wohl nicht halten lässt gegenüber dem oftmaligen sepsi bei Tac. cf. An. I, 5; XIV, 37, 45; XV, 27, 60; H. III, 8 u. s. Auch die alten Gram. kennen nur sepsi; cf. Prisc. X, 9, 50 (905 P., 509 Kr.) u. 53 (907 P., 511 Kr.). — Von salio und seinen Compos. findet sich nur die auch sonst gewöhnlichere Form auf ui; cf. An. I, 35; XV, 28 desiluit; H. IV, 77 adsiluere; Otto An. I, 35; Struve p. 196; Reis. A. 295 b; Neue II, 372. — Von sancio existirt bei Tac. nur das Sup. sanctum; cf. An. VI, 22 (16). — Ganz vereinzelt steht D. 8 referctus im Cod. A, während die übrigen Cod. das richtige refertus haben; cf. Neue II, 441.

Nur im Infin. findet sich adscire Agr. 19 (ex coni. c. cf. Wex), adsciri An. I, 3; H. IV, 24, 80; daneben findet sich auch der Inf. adscisci An. I, 31, von welchem Worte auch das häufige adscivi und adscitum abzuleiten ist.

§ 60. **Deponentia der dritten Conjugation.** Nansiscor hat an der einzigen Stelle, wo es im Part. perf. bei Tac. vorkommt, An. III, 32, nanctus, zwar mit einem Punkte unter dem zweiten n als Zeichen, dass es getilgt werden soll; doch hindert dies durchaus nicht anzunehmen, dass im Archetyp des Med. nanctus stand; denn dem punktirenden Correktor stand durchaus kein besseres Hülfsmittel zu seinen Correkturen zu Gebote, sondern er corrigirte offenbare Fehler, zu denen er, da ihm nactus bekannt, nanctus unbekannt war, dieses rechnete. Dass nanctus beibehalten werden muss, wie auch alle neuern Edit. thun, hat ausführlich gezeigt Otto zu unserer Stelle und im Anhange p. 837, wo sich auch alle Belege aus den Gram. und Cod. finden; zu den vielen dort angeführten Stellen sind hinzuzufügen: Plin. H. n. 29 § 8 is et potentiam nanctus novam instituit sectam, und Char. I, p. 33 K. (20 P., 17 L.) Cicero dixit: fascem unum si nanctus esses; cf. ferner Neue II, 453.

Nitor und seine Compos. bilden bald nisus, bald nixus, theils mit, theils ohne Unterschied in der Bedeutung. Nisus steht An. I, 64; II, 17, 74; H. III, 11 immer in der Bedeutung „strebend“, nixus An. XIII, 19 „sich stützend“; cf. Neue II, 447. Adnitor hat nur adnisus, An. III, 61; H. V, 8. Conitor hat conisus An. XI, 31; XV, 42, 51, 57, 66; Agr. 36, conixus H. IV, 53. Enitor hat in der Bedeutung „gebären“ enixus, An. II, 84; III, 33; XIV, 12; das Adv. lautet enixe H. IV, 25; sonst hat es enisus An. I, 65, 70; cf. Diom. I, 375 K. (371 P.). Innitor hat innisus An. II, 29; XV, 51; innixus H. I, 27; III, 28; (innixus An. XVI, 14 ist mit Recht in innexus, conixius An. IV, 66 in conexus verwandelt.) Subnitor hat nur subnixus, An. I, 11, 47; IV, 12; XI, 1; XII, 25, 54; XIII, 7; H. I, 73 die beiden bessern Cod. (innixa G.) D. 6.

§ 61. **Deponentia der vierten Conjugation.** Das Imperfekt oreretur findet sich bei Tac. An. II, 47; XI, 23 (ex coni c.), 38; XV, 51, 52; H. IV, 49; ferner weisen zwei Corrupteln auf diese Form, An. IV, 2 crederetur für oreretur und H. II, 24 coercerentur für coorerentur; oriretur findet sich gar nicht. Ziemlich erschöpfend handelt hierüber Otto An. II, 47. Reis. A. 293. Neue II, 320. Auch von potiri ist die bei Tac. gewöhnliche Form poteretur; cf. An. III, 61, 73; VI, 36 (30), XI, 12, 36; XII, 48, 51, 65; XIII, 19; dagegen

potiretur (resp. potirentur) An. XIII, 46; H. III, 52; IV, 73; V, 13.
Es möchte wohl die nach den neuern Untersuchungen classische
Form poteretur (resp. poterentur) überall aufzunehmen sein, zumal
sich nur diese im ersten Med. findet; cf. Struve 202; Reis. A. 293;
Neue II, 321, dessen Citate nicht ganz richtig sind; dasselbe gilt
für Otto An. III, 61.

§ 62. **Verba anomala.** Von queo und nequeo finden sich
folgende Formen: queunt H. IV, 74; queat An. I, 46; XIII, 17;
XIV, 20, 21; quiret An. I, 66; quivere H. III, 25; quiverit An. I,
69; nequeunt An. IV, 24; nequeat XIII, 26; nequibat XII, 64; XIII.
33; XV, 57; H. I, 70; IV, 39, 41; Agr. 38; nequibant An. XV, 8,
41; H. IV, 15, 24 (An. XIII, 41 nach meiner Conjekt.; cf. meine
Krit. Bemerk. l. c.); nequiret An. I, 31; XI, 23; nequirent An. I,
12; H. III, 29; nequivit An. XI, 34; nequiverit H. IV, 60; nequi-
verint An. XIV, 58; H. I, 7; nequiverat H. III, 62; nequiverant An.
XV, 38; nequisset H. IV, 34; nequivisset H. III, 78.

§ 63. Von unpersönlichen Verben findet sich An. XV, 51
pertaesa persönlich gebraucht, ebenso poenitendum An. VI, 54 (48)
(cf. Dräg. VI, 48) und pudendum An. III, 46. Vesperascit hat dies
bei sich im Ausdruck vesperascente die An. I, 65; XVI, 34; H. II,
49. Adsolet steht unpersönlich in der Formel ut adsolet; cf. Otto
An. I, 24. Unpersönlich findet sich ferner fert An. III, 15 und H.
II, 44 si ita ferret; da dies ohne Beispiel ist und Liv. in ähnlichem
Sinne III, 27 si res ita tulisset und Sal. Iug. 78 ut fors tulit sagt,
schrieb Ritt. si ita fors ferret; aber grade das zweimalige Vorkommen desselben Ausdruckes scheint mir seine Richtigkeit zu bestätigen.

Libet und licet haben im Perfekt libitum und licitum mit Aus-
lassung von est, resp. erat und esse, z. B. libitum An. III, 2, 26;
XVI, 19; licitum An. III, 24, 55; XI, 22; G. 39. (So auch ohne
est pertaesum An. III, 20; solitum III, 44 u. a. W.)

§ 64. **Das Hülfszeitwort esse.** Wenn Otto An. I, 8 angiebt, dass esset allein sich nur einmal finde An. I, 9, ferner nur
einmal im Plusqu. dedignatus esses An. XII, 37, dreimal futurum
An. XII, 2; XIV, 48; H. III, 32, defuturum An. II, 32 und profu-
turum An. XIII, 38; H. III, 2, 20; Agr. 24, so ist dies durchaus
falsch; um nur einige Stellen anzuführen, so findet sich esset noch
An. III, 53; IV, 7, 8, 19, 70, abesset An. III, 71, IV, 68 adessent,
afuturum An. III, 58 etc.; indessen hat Tac. weit häufiger fore und
forem sowohl für sich allein, wie auch als Hülfsconjugation.

Von absum steht An. XII, 17 aufuisse, ferner XV, 16 affuisse und H. IV, 82 äfuisse; zur Aufnahme der Form mit au neigt sich Otto An. II, 73, wo der erste Med. afuerit hat, während Bach an jenen drei Stellen sie wirklich aufnimmt. Aber da einerseits die Autorität des ersten Med. für die Form auf a spricht, (auch An. III, 58 afuturum), andererseits aufuisse sich nur einmal als wirkliche Lesart findet und an den beiden andern Stellen spätere Interlinear-correktur ist, und da·ferner Cic. Or. XXXXVII, 158 ausdrücklich sagt, dass mit au für ab nur auferre und aufugere vorkommen, was auch Gell. XV, 3 und Prisc. I, 9, 52 (562 P., 48 Kr.) bestätigen, so haben die Edit. an jenen drei Stellen mit Recht afuisse geschrieben.

§ 65. **Einfache Verba anstatt der zusammengesetzten.** Sehr ausgedehnt ist bei Tac. der Gebrauch der einfachen Verba an Stelle der zusammengesetzten. Dahin gehören namentlich:· cernere = decernere An. XV, 14; cf. Sen. Ep. LVIII, 2; Cic. de leg. III, 3; Virg. Aen. XII, 709. mittere = omittere H. I, 2; cf. Her. l. c. firmare = affirmare An. I, 81 u. o. cf. Otto u. Nipp. l. c. Her. H. II, 9. cire = accire XI, 30 u. o. rumpere = perrumpere An. II, 17 u. s. cf. Otto l. c. vereri = revereri H. I, 5. sistere = consi-stere H. I, 35;. cf. Her. l. c. vocare = provocare An. II, 81 u. o. novare = renovare H. II, 51. trahere = distrahere Agr. 12. pen-sare = compensare An. II, 26 u. o. cf. Otto l. c. Andere hierhin gehörende Verba s. Döderl. Proleg. ad v. II, p. XXVII. Dräg. Synt. § 25.· Grysar in der Zeitschrift für österr. Gym. 1853, p. 17.

Adverbia.

§ 66. An den sieben mir bekannten Stellen, in denen durch ein Zahladverb die Wiederholung des Consulats ausge-drückt ist, steht dreimal die Form auf um, nämlich An. III, 28 tertium, XII, 41 quintum, XIII, 34 tertium; an zwei Stellen ist das Adv. abgekürzt, An. XIII, 31 Nerone II und Agr. 44 Caesare ter.; an zwei Stellen steht die Form auf o, II, 53 tertio und XIV, 20 quarto; an letzterer Stelle schreiben alle Edit. quartum, während an ersterer nur Nipp. tertium schreibt; man will an dieser Stelle tertio gelten lassen, um die durch tertium entstehende Kacophonie zu vermeiden; aber dann geht doch grade daraus hervor, dass Tac. sich trotz der Varronischen Vorschrift (Gell. X, 1) tertio erlaubte; dass übrigens Tac. Kacophonien nicht so ängstlich mied, s. in meinen Animadv. zu XIV, 7. Man wird daher an beiden Stellen die Form

64

auf o müssen gelten lassen; cf. Otto u. Bait. An. II, 53; Reis. A. 207. Ebenso wenig entspricht der Varron. Vorschrift postremum An. III, 74. — Bei Aufzählungen steht im Allgemeinen primum im Sinne von: „zuerst, in erster Linie“, primo „anfänglich, anfangs, früher“, ohne dass diese Unterscheidung überall streng durchgeführt wäre, wesshalb derselben zu Liebe auch keine Veränderungen vorzunehmen sind, wie Ritt. versuchte. Ebenso werden postremo und postremum ohne Unterschied gebraucht. In Verbindung mit andern Adv. steht immer primum, z. B. tunc primum, tum primum, nunc primum, einmal primo, G. 35 ac primo, was ich auch An. III, 26 schreibe für das corrupte aeprimo. Zum ersten Male heisst primum, zum letzten Male postremum. Agr. 28 bedeutet primum — mox die Einen — die Andern, οἱ μέν — οἱ δέ. Ueber einige Einzelheiten im Gebrauche der Adv. cf. Dräg. Synt. § 21—24; zu § 22 ist hinzuzufügen hilare An. XI, 3.

Das verkürzte ne in Fragen findet sich zweimal, An. III, 11 satin (cf. Otto) und H. IV, 58 Tutorin; cf. Schneider p. 176 u. Neue II, 334.

Druck von Metzger & Wittig in Leipzig.